XXXVI PREMIO ANA MARÍA MATUTE

XXXVI Premio Ana María Matute de Narrativa de Mujeres
Primera edición: mayo 2025
Reservados todos los derechos
Ediciones Torremozas

© Ediciones Torremozas
© Las autoras correspondientes de los relatos
ISBN: 978-84-7839-948-2
Depósito Legal: M-10463-2025

EDICIONES TORREMOZAS

ediciones@torremozas.com
www.torremozas.com

XXXVI PREMIO
ANA MARÍA MATUTE
DE
NARRATIVA DE MUJERES

COLECCIÓN ETC

Torremozas

En Madrid, el 30 de marzo de 2025, un Jurado compuesto por Dña. Marian Izaguirre, D. Ignacio Vleming y Dña. Marta Porpetta concedió el XXXVI Premio «Ana María Matute» de Narrativa de Mujeres al relato «Moho» de Ester del Pozo.

Quedaron finalistas los relatos: «La muerte y sus gazapos» de Giovanna Arias Carbone; «De venial a mortal» de Viviana Bermúdez-Arceo; «Una historia que pudo ser» de María Jesús Fariña Busto; «Gorriones» de Laidi Fernández de Juan y «El pie, el pan y la dorífora» de Salomea Slobodian.

Moho

Ester del Pozo

XXXVI Premio Ana María Matute
de Narrativa, 2025

ESTER DEL POZO nació en Madrid en 1992. Es doctoranda en Lengua Española y sus Literaturas en la Universidad Complutense de Madrid. Estudió Derecho, hizo una formación complementaria en Periodismo y un máster en Lengua y Literatura Españolas Actuales en la Universidad Carlos III de Madrid. Ha colaborado con la página web *The Idealist*, escribiendo artículos, y con la revista literaria *Granos de Polen* donde publicó diversos cuentos, como «La tristeza de madre» o «El desván».

Ha impartido clases de literatura, escritura y periodismo, así como charlas sobre su tema de investigación doctoral: la representación de la violencia en la obra realista de Ana María Matute. Ha publicado el libro de relatos *Blanco ceniza* (2025).

A Christian y a Eva

En aquel piso de la calle Alondra vivíamos cinco personas. Mi padre, mi madre, mi hermana pequeña y el tío, a quien yo no quería nada, ni una pizca. Pero mi madre no me dejaba hablar mal de él, ni mirarle con desprecio o con altivez, porque era la persona que traía más dinero a casa. Se había mudado con nosotros para echarnos una mano. Mi padre estaba en el paro desde hacía un año y mi madre hacía lo que podía, pero con su sueldo, apenas nos alcanzaba. Mi madre se sentía agradecida de que nos estuviera apoyando con los gastos, demasiado agradecida, y, por eso, le trataba de manera especial. Le servía más comida que a mi padre: cazos extras de lentejas, el filete más tierno y le planchaba las camisas, hasta la ropa interior, cosas que antes hacía por él. De alguna forma le castigaba porque no buscaba trabajo, por haberla dejado sola sosteniendo el hogar y haberla obligado a pedir ayuda a su hermano. Sin embargo, a mi padre, los desprecios de su mujer no le importaban. Se encerraba en su cuarto, bajaba la persiana hasta que no quedaba ninguna rendijita de luz y dormía durante horas. Ya casi nunca salía de la habitación, solo para ir al baño o comprobar si su sitio en la cabecera de la mesa seguía vacío, si le seguíamos esperando. Parecía un ánima atrapada en la casa porque sus pecados no tenían perdón, una voz oscura y avergonzada que oíamos llorar detrás de la puerta.

El piso tenía sesenta y cuatro metros cuadrados: tres habitaciones, un salón, un baño, una cocina y una terraza larga a la que iban a parar todas las ventanas del piso y que mi madre había decorado con geranios rojos que por las mañanas cuando el sol caía sobre las flores, relumbraban como heridas abiertas, y una enredadera que tenía que podar dos veces al año. Si no lo hacía, la planta se extendía por el muro con sus raíces diminutas, atrapando la humedad, que acababa traspasando a las habitaciones y llenando la pared de moho. Mis padres dormían en la habitación del fondo del pasillo, y el tío dormía en la más pequeña, al lado de la nuestra y frente a la enredadera.

A veces, mi madre me mandaba atenderle, cuando me avisaba de que iba a llegar tarde a casa porque tenía una reunión de padres en el colegio o porque se iba a retrasar limpiando un portal. Me decía que había puesto una lavadora y que cuando terminara, tendiera la ropa en la terraza, o que no me olvidara de prepararle un café después de la comida. Que se lo pusiera en la taza verde, que era su favorita. El tío solía venir de trabajar a las tres de la tarde, una hora después de que mi hermana pequeña y yo volviéramos del colegio.

Entonces, nosotras aprovechábamos para inspeccionar su habitación. Era austera, tenía una estantería, una cama y un escritorio con algunos libros. El armario no era empotrado como el nuestro, sino que era un mueble viejo con tres cajones que olía a bolitas de alcanfor. Le enseñaba a mi hermana pequeña la ropa que yo colgaba en el tendedero, le mostraba los calzoncillos que tenían agujeros, metíamos el dedo y nos reíamos de que todavía los usara, olíamos las camisas en busca de perfumes femeninos o buscábamos manchas de carmín en los cuellos. Nunca encontrábamos nada, ninguna pista que nos hiciera sospechar de que tuviera novia. Mi hermana era muy pequeña para entenderlo, pero a mí me parecía extraño que no tuviera una, porque el tío era joven y cuidaba su piel con una dedicación casi obsesiva. Además, sus facciones eran proporcionadas. No tenía una nariz grande o aguileña o unos labios finos, casi inexistentes como los tenía mi padre. Había algo en él que no encajaba. A tu tío no le interesan las mujeres. Está muy ocupado trabajando, aseguraba mi madre que siempre le defendía. No tenía por qué venir a ayudarnos, y lo ha hecho, prosiguió. Y yo me preguntaba por qué. ¿Acaso no tenía una vida, otras responsabilidades que atender?

Una semana más tarde, mi hermana y yo volvimos a entrar, a pesar de que ya conocíamos su habitación de memoria. ¿Por qué lo hicimos? No lo sé. La curiosidad, supongo, o quizás por ese instinto que me decía a mí, porque mi hermana me seguía sin sospechar nada, que el tío tenía intenciones ocultas, que no era normal la forma en la que se entregaba a mi familia. La persiana estaba bajada y la estancia desprendía un olor a humedad. Era un olor acre, como si la habitación respirara desde un pozo profundo, olvidado. Mi hermana encendió la luz que inundó los espacios de un color demasiado blanco, excesivo, una luz terrible, y, por un instante, me dio la impresión de que el cuarto parpadeaba. Me fijé en que una parte de la pared, justo debajo de la ventana, estaba cubierta de moho. Qué raro, pensé. Luego comprendí que era culpa de mi madre, que desde que mi padre había enfermado, no había vuelto a podar la enredadera.

Al lado de la almohada encontré un libro que no recordaba haber visto antes: *Madame Bovary*, de Flaubert. Al abrirlo, una nota cayó de entre sus páginas. Enseguida reconocí la letra clásica y llena de trazos de mi tío. Nos advertía que, si seguíamos rebuscando entre sus cosas, se lo iba a decir a nuestra madre. Contuve el aliento, espantada, y me pregunté, cómo se había dado cuenta de que mi hermana y yo entrábamos a su cuarto, si siempre lo dejábamos todo tal cual lo habíamos encontrado. Además, ¿cómo sabía que iba a abrir el libro? Su intuición era tan fina que asustaba.

Esa noche, mi madre y mi tío se quedaron hablando hasta altas horas de la madrugada. Durante la cena, mi tío me estuvo lanzando miradas socarronas, de vez en cuando se aclaraba la garganta y me sonreía con suficiencia y algo de desdén, como si supiera que había leído la nota o como si quisiera comprobarlo. Sus pupilas emitían destellos negros, peligrosos, como señales de advertencia. Daba un sorbo a la sopa y me miraba entrecerrando los ojos por la abertura que le quedaba entre las pestañas y el párpado. Me dio la impresión de que tramaba algo y se me quitó el hambre de golpe. Mi hermana pequeña no se daba cuenta de nada y hablaba sin parar de sus aventuras en el colegio. Decía que ahora tenía una madre y dos padres y que se lo había contado a todo el mundo, pero que nadie la creía y eso le hacía mucha gracia. Su sonrisa desdentada, porque se le habían caído los dientes delanteros de leche, era enorme.

Cuando me fui a mi habitación, dejé la puerta de la habitación entreabierta y me metí en la cama. No podía dormir. Escuchaba el ruido de los cacharros y el agua del grifo caer en el fregadero, las risas de mi madre y la voz suave del tío, hasta que de repente, se detuvieron. La casa se quedó en silencio. Parecía que el aire había cambiado de densidad. De pronto, mi madre abrió la puerta de un porrazo. Hablaba echando espumarajos por la boca. Tenía una cuchara de madera en la mano que movía de un lado a otro y con la que nos amenazaba. Me quitó las mantas y del susto me encogí en la cama. El tío nos había mentido. Mi madre me llamó viciosa. Y me dio un azote y, a pesar de lo flaca que estaba, me pegó fuerte, pero yo me moví y en lugar de darme en el muslo donde tenía un poco más de carne, me dio en el hueso de la cadera. Después, le pegó a ella. No sé por qué azotó a mi hermana, si yo era la responsable, la que le había arrastrado a la habitación del tío. Mi madre tan digna. La habíamos avergonzado y quizás, muy en el fondo, tenía miedo de que el tío se molestara y dejara de ayudarnos. Mi hermana se echó a llorar. Lagrimones gruesos se escurrían de sus ojos hacia la barbilla y se mezclaban con sus mocos. Me pica, decía. Y mi madre, me echó la culpa a mí. Eso te pasa por hacer caso a tu hermana, le dijo.

A la mañana siguiente, después del almuerzo, el tío apareció por casa con un cuaderno para colorear de esos que venden en los chinos y que apenas cuesta un par de euros y con una caja de rotuladores. ¿Es para mí?, preguntó mi hermana y el tío sacudió la cabeza de arriba abajo, sonriendo y le dio un golpecito tierno en la punta de la nariz. Mi hermana se apoyó en la pared con un pie detrás del otro y con la cara llena de máculas encarnadas.

Cuando lo terminó, le compró otro. Los dibujos, esta vez, no eran animales de granja sino mándalas infinitas con cuadrados y círculos unos dentro de otros y que la fascinaron. Mi hermana se pasaba la tarde pintando. Sus ojos no se despegaban del papel. El tío la observaba de pie. Se ponía a su lado o detrás de ella y la amonestaba cuando se salía de la línea. Le ponía la mano encima de su brazo para que parara de pintar y apretándoselo sutilmente, le decía que tuviera más cuidado y que al llegar a los bordes coloreara más despacio y ella le pedía perdón porque no quería decepcionarle. También le enseñó a combinar tonalidades cálidas con frías o dentro de la misma gama y a dibujar una gran variedad de objetos. No es que mi tío fuera un experto en estos temas, solo la guiaba y mi hermana ponía en práctica sus consejos, se entretenía.

Una tarde, mientras tendía la ropa en la terraza, escuché a mi tío preguntarle por qué yo había tenido tanto interés en entrar en su habitación y que si no sabía que la curiosidad mata a los gatos. Me asomé a la ventana del salón y empujé el vidrio para poder escuchar mejor. Mi hermana le respondió que no sabía. Mi tío la presionó para que respondiera. Su voz había perdido su dulzura y sonó grave y violenta. Le preguntó que qué cosas habíamos estado revisando y que si habíamos encontrado algo que nos hubiera llamado la atención. Pensé en sus calzoncillos agujereados. Mi hermana pensó lo mismo porque la muy bruta, se lo dijo. Desde donde estaba, no les podía ver las caras. Pero me imaginaba la del tío pálido como la de un muerto y con la mandíbula rígida de tanto apretar las muelas y la de mi hermana sudorosa, con los labios separados y los ojos un poco abiertos, medio paralizada. ¿Habéis abierto los cajones y hurgado solo entre mi ropa o en algún sitio más?, preguntó. Esta vez con ese tono tierno que reservaba para mi hermana pequeña. Entre tu ropa, contestó ella y el tío se rio, como si de pronto hubiera perdido el interés.

Volví a concentrarme en el balde atiborrado de ropa mojada, en las pinzas y en el tendedero. Las nubes, empujadas por el viento, se deshacían poco a poco, y el sol, redondo, iluminaba la fachada del edificio de enfrente. Mi tío estaba inquieto por lo que pudiéramos haber descubierto en su habitación. Por lo que concluí que ocultaba alguna cosa. La enredadera había crecido sin descanso delante de su habitación y ahora sus ramas se extendían hacia la nuestra. Tengo que avisar a mi madre, pensé mientras acariciaba las hojas verdes y grandes, notando cómo las raíces de sus ramas se aferraban con fortaleza a la argamasa que unía los ladrillos. Si no, nuestra pared también empezaría a pudrirse.

Esa noche cuando ya estábamos metidas en la cama a punto de dormir, le pregunté por qué le gustaba pasar tanto tiempo con el tío, que si seguía enfadada conmigo por lo que pasó aquel día. Esperé a que me respondiera, como no lo hizo, agregué que ya casi no hablábamos y que su influencia no me parecía buena para ella. Escuché a mi hermana darse la vuelta en la cama. Los muelles crujieron bajo su peso y, al instante, se puso a roncar muy alto, intercalando un silbido, que me hería por lo impostado que sonaba.

Mi hermana dejó de pasar tiempo conmigo. Prefería al tío antes que a mí. Si tenía dudas sobre los deberes, en lugar de preguntarme como antes, interrogaba al tío. Después del colegio, de camino a casa ya no hablábamos. Se recluía en sí misma, como si alguien le hubiera cosido la boca con un alambre. El tío me quiere más que a ti, me comentó ella a la hora de la merienda. Hizo una pausa y añadió: Me hace sentir especial. Estaba sentada en un taburete cerca de la puerta de la terraza, en un plato tenía un bocadillo de chocolate a medio comer. Yo estaba de pie vigilando la cafetera, que acababa de poner en uno de los fogones. El café recién hecho empezaba a inundar la cocina. ¿Qué quieres decir?, le pregunté. Mi hermana se llevó la mano al cuello y me mostró una cadenita de oro con un dije en forma de niña que relució bajo los fluorescentes de la cocina. Soy yo, susurró, la emoción contenida apenas le dejaba hablar. Me lo ha regalado el tío. El agua burbujeaba. No había cerrado bien la cafetera y empezó a salir a borbotones y a salpicar por todas partes. La pared se llenó de cercos negros. Pensé que cuando lo viera mi madre, me pegaría un par de gritos y seguro que delante del tío, cosa que no soportaría, así que con aprehensión cogí el estropajo, lo llené de jabón líquido y me puse a frotar hasta que las baldosas de la pared volvieron a quedar blancas. Cuando terminé, mi hermana se había ido. La cadenita, con su dije diminuto, brillaba en mi mente, como una luz que no podía apagar.

Al amanecer, me despertó la voz de mi madre y el ruido que hacía al sacar los platos del armario para preparar el desayuno. Cuando entré a la cocina descubrí apesadumbrada que el tío había ocupado el lugar de mi padre en la cabecera de la mesa de la cocina. Parecía que se había sentado allí, como si siempre lo hubiera hecho. El tío estiró las piernas debajo de la mesa e hincó los codos en la madera como si dijera: este es mi sitio ahora. Y mi madre sonriendo se bajó el escote para que el tío le viera bien el canalillo que hacían sus senos y pasó una bayeta por el hule para dejar la mesa limpia. A continuación, con un guiño de ojos, le puso la taza de café y las tostadas delante, encima de un plato. Desde entonces, ya no volvió a sentarse en otro lugar. Para mí, este suceso significó la desaparición oficial de mi padre no solo en la vida de mi madre y de mi hermana, sino de la casa. De alguna forma, todos habían aceptado a este nuevo inquilino como a uno más. Solo se acordaban de mi padre a la hora de las comidas y porque yo se lo mencionaba. El resto del tiempo no existía.

Papá está muy enfermo, me dijo mi madre días más tarde mientras planchaba una camisa. El vapor formaba pequeñas nubes que se disipaban en el aire, y el gesto de su mano sobre la tela era rígido, mecánico. No me miraba, mantenía la vista fija en la camisa. Tu tío y yo creemos que lo mejor para él es que esté interno en una clínica especializada, para que le ayuden a hablar. Me han dicho que eso es muy bueno para curar la depresión. Su voz estaba llena de incertidumbre, como si intentara convencerse a sí misma mientras lo decía. ¿Ha sido tu idea o la del tío?, le pregunté. No me supo responder. Su frente se había llenado de arrugas, de pequeños surcos que le recorrían la sien, algunos más profundos que otros.

En ese momento, apareció mi hermana vestida con el pijama, descalza y ojerosa, del cuello, le colgaba el collar de oro que le había regalado el tío y olía a humedad. Cuando me vio mirándoselo, lo escondió y me sacó la lengua. Mi madre le preguntó que por qué estaba todavía así vestida, que si no sabía qué hora era. Mi hermana abrió la boca como si quisiera decir algo. En su mirada advertí esa expresión de lástima que suelen tener los perros cuando se han portado mal y temen ser castigados. Me levanté del sofá con la intención de llevarla a la habitación, pero mi madre me frenó con un gesto y dijo que ella se encargaba.

Mamá, si no recortas la enredadera, el moho acabará cubriendo nuestra pared. La del tío está irreconocible, le dije antes de que saliera del salón.

Este fin de semana la podo. Sin embargo, no lo hizo. Se olvidó. Una vez más mi tío lo ocupó todo: sus energías, su tiempo, su vida entera.

El domingo por la mañana, mi tío y mi madre se lo llevaron a la clínica *Bosques Verdes*, uno de los mejores lugares de la capital para las personas enfermas de depresión. Según el catálogo tenía un jardín con una fuente de agua y flores alrededor. Al final de este, en el último párrafo, decía con letras pequeñas que de la depresión se sale. A primera hora, sacaron a mi padre de la cama, lo ducharon y lo vistieron sin que opusiera ningún tipo de resistencia. Las tristezas lo habían vaciado, dejando tras de sí un cascarón quebradizo. Tenía la piel amarillenta y estaba débil por la mala alimentación. Además, olía a pis. La barba le había crecido hasta el pecho y estaba llena de hebras blancas. En cambio, había perdido casi todo el cabello. Solo le quedaban cuatro pelos ralos que le crecían hacia arriba como hierba, de modo que decidieron afeitarle la cabeza con una cuchilla. Al terminar, quedó resplandeciente, suave, como una bola de billar. Las uñas de las manos y de los pies también las tenía muy largas y duras, de un tono amarillento como las de un duende. Sin embargo, esta vez ya no tuvieron tanta paciencia o no calibraron bien y al cortárselas, se llevaron trocitos de carne.

En la maleta más grande que teníamos metieron todas sus cosas: las fotos de su boda en las que salía mi madre con su vestido de novia abrazando a mi padre, sus libros y cuadernos, y los peluches que le regalamos mi hermana y yo dos navidades atrás. Mi madre no quería conservar ningún objeto que le recordara a su marido. Quería hacerlo desaparecer.

Cuando el coche arrancó, llevándose a mi padre, tuve un presentimiento, fui corriendo a la habitación del tío, y miré su pared. Había manchas nuevas. El moho había crecido tanto que empezaba a trepar hacia el techo. Ya no eran manchas circulares. Eran alargadas y grandes. Parecían tentáculos. Al tocarlas, sentí que estaban vivas, como si también pudieran respirar ese aire espeso y cargado que hacía de la casa una especie de calabozo. Me sorprendió que fuera capaz de vivir en esa habitación pequeña y putrefacta, sin que le molestara. Pensé que a lo mejor el tío estaba hecho de moho y que a medida que se apropiaba de la casa y de sus habitantes, el moho también se desarrollaba. No lo decía solo por la relación tan estrecha que tenía con mi madre y con mi hermana o porque sus cremas estaban desperdigadas por todos lados, y habíamos tenido que instalar una nueva repisa en el baño, sino porque se sentía en el ambiente, como una membrana gelatinosa y podrida que había impregnado los muros y ahora amenazaba con conquistar los techos. Aunque no estuviera físicamente presente, le veía. En ocasiones, eran sus manos de dedos peludos reptando por el respaldar de la silla en donde se sentaba antes mi padre, en otras, su mirada flotando en medio de la habitación.

A finales del verano, mi madre perdió el empleo. Hubo una reducción de personal, y despidieron sin miramientos a los limpiadores más recientes. Cuando llegó a casa, se derrumbó en los brazos del tío, agarrándolo por las solapas de su chaqueta mientras enterraba el rostro en su pecho, llorando desconsoladamente. Él le acariciaba el cabello, desde la coronilla hasta las puntas. No te preocupes, yo cuidaré de vosotras, decía. Mi madre levantó la cabeza, sus ojos brillaban por las lágrimas y, por un momento, me pareció ver algo más que impotencia, excitación quizás.

Al igual que a mi padre, la pérdida de su trabajo la afectó mucho. Pensaba que mi madre tendría más compasión por mi padre ahora que ella también había perdido el suyo, que le entendería y que lo volvería a traer a casa. Me equivocaba. No era la misma situación, murmuraba, evitando cualquier intento de conversación, como si sus palabras fueran una muralla que no estaba dispuesta a derribar.

Mi madre estuvo con el ánimo decaído durante varias semanas. Para que tuviera tiempo de ir a entrevistas de trabajo, el tío se encargaba de las labores más duras de la casa, y de mi hermana pequeña, a quien iba a buscar al colegio. Me había relevado de esa responsabilidad. Yo me cuidaba sola y, de vez en cuando, le ayudaba en casa, aunque menos que antes. En realidad, estaba desesperada por encontrar un trabajo a medio tiempo, porque odiaba tener que pedirle dinero para comprar los libros y los útiles escolares que necesitaba para clase o para mis gastos personales y eso absorbía todas mis fuerzas.

Cuando encontré un empleo y empecé a llegar tarde a casa, deduje que al tío yo no le importaba en absoluto. No me preguntaba dónde había estado, ni lo que hacía fuera de casa. Solo mi madre se interesaba por mí, pero tampoco indagaba mucho, estaba preocupada buscando un trabajo en otra empresa de limpieza. La atención del tío estaba volcada en mi hermana pequeña, en ayudarla con sus deberes de clase, en saber quiénes eran sus amigos, en ir a buscarla después del colegio o de sus actividades extraescolares. La llevaba de paseo, a tomar helados y la compraba todo lo que pedía, como si fuera su hija, la favorita. Mi hermana estaba radiante, hasta que dejó de estarlo. Mamá es mala, me dijo una noche, antes de quedarse dormida. La odio, la odio para siempre. En ese momento, sus palabras me desconcertaron. No sabía si hablaba desde la decepción o la tristeza o si realmente ocultaban algo más profundo.

Primero, adelgazó. Escondía la comida debajo del plato o la tiraba en la basura, bien oculta entre los deshechos para que ni mi madre, ni el tío ni yo la encontráramos al vaciar los cubos. Su cuerpo empezó a perder volumen, como si quisiera desaparecer. Y se quejaba del moho, de ese olor amargo que había conquistado cada rincón de la casa. Ahora yo no era la única loca a la que le molestaba. Cuando creía que nadie podía verla, cogía una espátula y raspaba furiosa la pared del tío. O se escapaba a la terraza a cortar la enredadera como si fuera una batalla personal. Pero mi madre no la dejaba. Con un gesto brusco, le quitaba la tijera, regañándola. No es una herramienta para una niña. Te vas a hacer daño. Déjalo. Yo la podaré. Pero nunca lo hacía.

Luego fue la higiene. No se lavaba los dientes, tampoco el pelo o el cuerpo. Se ponía a chillar cuando mi madre la metía en la bañera, pataleando en el agua como una energúmena. La frustración se le notaba en los ojos a mi madre, que, después de intentar contenerla con palabras, le pegaba un cachete en el culo para que se estuviera quieta y se dejara enjabonar tranquila. Pero mi hermana, lejos de rendirse, le tiraba del pelo y la llamaba traidora. Fue aquí en este punto cuando me pidió ayuda. Averigua que le ocurre a tu hermana, me dijo un sábado por la tarde. Había entrado en nuestro cuarto con la intención de pasar la aspiradora a la alfombra. Mi madre había subido un poquito de peso, pero le sentaba bien. Yo estaba tirada en la cama leyendo y mi hermana en un cumpleaños al que la habíamos obligado a ir porque no quería, a pesar de que era el de su mejor amiga. ¿Por qué no le pides ayuda al tío?, la pregunté yo, mirándola por el rabillo del ojo. Dice que la niña está perfectamente. Pues, ahí tienes tu respuesta, añadí yo, zanjando la conversación. Tu tío no está siendo objetivo. Soy su madre y yo la conozco mejor. Mientras hablaba había dejado la aspiradora contra la pared y se había sentado a los pies de mi cama. Un aroma a lejía emanaba de su ropa. ¿Entonces, por qué no intentas hablar tú con ella? A mí hace tiempo que no me hace caso, me respondió.

La abordé en cuanto el tío la trajo a casa. Llevaba una bolsa de gominolas en la mano, sonreía. Miré al tío para pedirle permiso. El tío movió la cabeza afirmativamente, la cogí de la mano y me la llevé a la habitación. Mamá está preocupada por ti. Mi hermana hizo una mueca, estirando el cuello para a un lado, como si el nombre de mi madre le hiciera daño. Al moverse, me percaté de que ya no llevaba la cadenita de oro que le había regalado el tío. ¿Por qué te portas tan mal con mamá?, le pregunté. Mi hermana se levantó de la cama y dio un par de pasos hacia el otro lado de la habitación. Con la uña, raspó la pared, y un polvo verde azulado cayó al suelo. La enredadera estaba detrás de ella, exuberante, ahogando los geranios, encima del alféizar, y tapando la luz. Parecía que se reía, como si se burlara de mi madre por haberla dejado crecer tanto. Con cuidado abrió la ventana, extendió la mano y arrancó una ramita del geranio que sobresalía entre las hojas de la planta trepadora. Comenzó a arrancar los pétalos que caían al suelo, encima de la alfombra como gotas de sangre. Cuando solo quedaron las hojas, se metió la mano en el bolsillo y me enseñó una foto arrugada en la que aparecía mi madre y el tío de la mano. En el cuello de mi madre resplandecía una cadena de oro igualita a la de mi hermana. Después, me dijo: Mamá se da besos con el tío.

La muerte y sus gazapos

Giovanna Arias Carbone

GIOVANNA ARIAS CARBONE nació en Perú en 1988, ha vivido en distintas ciudades de Latinoamérica y actualmente reside entre Madrid y Granada. Es doctora en Literatura Hispanoamericana por la Universidad Complutense de Madrid. Se ha dedicado principalmente a la enseñanza universitaria, la investigación académica, el trabajo editorial y la escritura. Ha publicado diversos ensayos críticos para revistas especializadas de Perú, México, España y Francia. Sus poemas aparecieron en la revista china *Escritores* (2020). Está incluida en la XXXIV Selección de Voces Nuevas de poesía (Torremozas, 2021).

1

Tenía nueve años cuando mi familia y yo nos mudamos a la capitanía de un puerto sin mar. Pisco nos enfrentaba, como a casi todos los recién llegados, con la sombría realidad de una ciudad moribunda, acorde a una historia de saqueos, convulsiones telúricas y las refundaciones sobre un mismo terreno arenoso que le valieron nombres como «Villa de Nuestra Señora de la Concordia de Pisco» o «Villa y puerto de la Independencia»; y que la misma ciudad se fue sacudiendo con buen tino para recuperar la sencillez de una palabra quechua que significa «pájaro».

El edificio de la capitanía estaba aferrado a su viejo lugar sobre la calle Demetrio Miranda. Sin embargo, la actividad portuaria, como el balneario, se había ido desplazando hacia los distritos aledaños de San Andrés de los Pescadores y Paracas tras la retirada repentina del mar. Los vecinos de la capitanía eran los restos del malecón Miranda, con sus motivos florales que se intuían en los muros hendidos; y el Muelle Fiscal, que se imponía bestial aunque apenas lo tocaban las olas. La mayor porción de madera consumida se alzaba sobre una extensa laguna salobre donde se bañaban los perros asalvajados de la capitanía. Un muelle sin un océano profundo bajo sus vigas podría parecer un sinsentido, pero la gente de Pisco sentía por el Muelle Fiscal el respeto que se guarda hacia un anciano ilustre.

Al antiguo edificio de adobe y quincha de techos altos y una sola planta, típico de la costa sur, se había sumado una estructura de cemento de tres plantas que pretendía emular un estilo náutico moderno, con un amplio balcón de barandillas blancas de madera y bordes redondeados. En frente, un ancla resplandecía junto a una bandera descolorida y un escudo en el que apenas se leía «Marina de Guerra del Perú». La primera planta estaba abierta al público para diversos trámites portuarios, sobre todo permisos de navegación, pero también se ocupaba de denuncias por robos o pérdidas, porque el capitán de puerto era la única autoridad que se veía en la zona de Pisco Playa. La prevención quedaba justo debajo del balcón y, desde ahí, era posible encontrarse algún ahogado en su espera impasible por el forense. Tras de la prevención y la oficina del principal, había un patio de baldosas blancas y negras donde formaban los marineros todas las mañanas. El segundo piso, habilitado como residencia del capitán de puerto de turno, fue nuestra casa familiar entre 1997 y 1999. El mobiliario más moderno remitía a los años setenta, con muebles empotrados de madera oscura que mi mamá revistió de enciclopedias y figuritas de lobos marinos sobre grandes conchas lacadas. Unas ventanas apuntaban hacia la calle y otras hacia el interior de la capitanía, de modo que, nos gustara o no, estábamos inmersos en las faenas y rutinas de los marineros desde el toque de diana hasta el último cambio de guardia. La tercera planta estaba inconclusa y solo se podía acceder a través de una escalera de madera superpuesta en el patio de la lavandería. Tenía una sola construcción central de cemento que no hacía más que confundir sobre la distribución interna del edificio, con sus dos ventanas huecas como las cuencas vacías de un rostro ceñudo.

Tras el edificio estaba el jardín de la capitanía, un espacio ideal para jugar, incluso cuando los juegos se mezclaban con los zafarranchos de combate. En una colina más cerca de la casa, había columpios de cadena que rechinaban apenas con un viento suave; a la derecha, sin guarecerse de los visitantes del muelle, una piscina de cemento que no era más que un gran agujero rectangular lleno de hojas secas. A la izquierda estaban el comedor y el casino del personal, con su mesa de billar y su antiguo televisor de tuerca donde mi hermano, ya adolescente, renunciaba a su posición de hijo del jefe para ser tratado —rara vez lo conseguía— como un auténtico hombre de puerto. Un camino ancho de escalones de piedra conducía a una explanada de cemento con dos arcos de fútbol sin red donde se jugaban los campeonatos de la capitanía y yo aprendí a montar bicicleta. Lo mejor era que ese espacio continuaba. Tras la explanada había un arenal lleno de pequeños agujeros arácnidos; y más allá, la laguna, el límite natural del inmenso y estéril jardín.

El nivel más profundo de la capitanía eran sus catacumbas. Su extensión era un misterio; solo se podía advertir un pequeño tramo al levantar una puerta pesada de madera con hierro forjado dentro de la carpintería. Se decía que conectaba con la catedral en la Plaza de Armas de Pisco Pueblo. Solo una vez el carpintero me dejó asomarme, tras mucho insistir. Estaba segura de haber visto huesos humanos. También es posible que mezclara mis recuerdos con los de mi abuela sobre una hacienda cercana a Pisco, en Chincha. Una vez me contó que ella y sus hermanos vieron un esqueleto humano entero cuando bajaron a las catacumbas, del susto se les apagó la única vela que los guiaba y casi se pierden entre el laberinto de pasajes subterráneos. Esa historia me fascinaba por la capacidad de mi abuela para los detalles, como esa certeza sobre la completitud del esqueleto. Yo deseaba tener anécdotas semejantes; por eso, en las noches en que el viento costero azotaba las ventanas de la capitanía, cerraba los ojos y me inquietaba imaginando las catacumbas sobre las que dormía hasta sentir que todo mi cuerpo temblaba. Entonces, como por arte de magia, me encontraba recorriendo los pasajes oscuros donde yacían esqueletos *enteros* de piratas, forasteros o niños perdidos. Hicieron falta algunos meses desde mi llegada para aprender a jugar entre las ruinas del puerto fantasma sin morir de miedo, pero tardé muchos años hasta empezar a descifrar la abrumadora belleza de una ciudad que languidece.

2

Una robusta coneja de color blanco, ojos de color cereza y un listón rosa alrededor del cuello apareció un día en la prevención dentro de una caja de madera. Fue un regalo para el capitán de puerto por el Día de la Madre. Los pescadores, agricultores y criadores locales nos agasajaban continuamente con insumos frescos, incluso vivos, que llegaban acompañados de una de las frases con las que se suele entregar un soborno, aunque no fuera la intención, como «para que a su familia no le falte nada» o, como en este caso, «para que el comandante celebre a su esposa». La coneja fue directamente puesta en manos de Chipana, el cocinero de la casa, por el técnico de guardia, quien decidió no incordiar a mi papá presentándose con un animal en su oficina. Pesaba tanto que era difícil alzarla por las orejas y, ante la sospecha de un embarazo conejil, Chipana decidió esperar unos días antes de torcerle el cuello con ese sonido semejante a cuando se truenan de una sola vez todos los dedos de la mano.

No pasó mucho tiempo hasta que encontré a la coneja en la azotea, majestuosa, dormida sobre un montoncito de aserrín y tallos de alfalfa, la tomé entre mis brazos y la bajé a mi habitación. Mansa y abandonada a mis cuidados como si por fin se estuviera cumpliendo su destino de ser mimada y querida, se dejó colocar sobre la segunda planta de mi casa de la *Barbie* modelo de finales de los años setenta, herencia familiar tan preciada para mí. En lugar de aserrín, coloqué cojines suaves en el suelo amarillo de la cocina y el salón de la casa; en lugar de alfalfa, le di trozos de apio y zanahoria —si le gustaba a *Babsy Bunny*, a ella también—; y cubrí parte de la fachada con un pañuelo grueso y floreado de seda de mi mamá para ofrecer mayor privacidad y calor a mi invitada, a quien bauticé con el delicado nombre de Agapita. De vez en cuando, la retiraba de su lujoso hogar para ponerle uno de los vestidos de punto de mis muñecas, peinarla o acostarla a mi lado en la cama a ver la tanda de dibujos animados en la televisión cuando yo volvía del colegio y comíamos maíz dulce inflado. Chipana sabía que esa coneja a la que él habría guisado de no ser por su embarazo había encontrado refugio en mi habitación, pero no alertó a mis padres. Era usual que el personal de la capitanía buscara algún intersticio en sus actividades diarias para mostrar cierta rebeldía, por lo general secreta e inofensiva, contra la familia del comandante. Chipana solo esperaba el día de la colisión inevitable entre mi madre y la desvergonzada coneja.

Ese día llegó precisamente en vísperas del Día de la Madre, cuando Agapita, más que dar a luz, expulsó seis gazapos de su cuerpo hinchado a los que rechazó de inmediato. No me dejé intimidar por los fluidos que ensuciaron mi edredón durante el parto —hasta ese momento me creía capaz de criarlos a todos en mi casa *vintage* de la *Barbie*—, pero no pude evitar gritar cuando Agapita empezó a devorar a uno de los gazapos desde la cabeza. Mi papá y mi hermano aún dormían, pero mi mamá llevaba un rato ordenando distintos lugares de la casa sin detenerse mucho en ningún lugar, salvo por su altar. Siempre ponía mucho esmero en el altar intercambiable que llevaba de una casa a otra a través del cual buscaba, incesante, la combinación perfecta de santos, cristos, vírgenes y papas que lograra satisfacer su ansiosa devoción. Mi grito angustiado la hizo dejar caer de entre sus manos una figura de San Francisco de Asís.

Con el santo de los animales hecho añicos, mi mamá descartó la idea de recuperar los pedazos para unirlos más tarde, pero sí recogió el trozo más grande, donde coincidían la cabeza de un perro y las sandalias del santo, como evidencia del sacrilegio que yo había ocasionado. La risa mal disimulada de Chipana, quien había desatendido el horneado de sus panes para presenciar la escena desde el pasadizo, irritó a mi mamá mientras intentaba descifrar el espectáculo sobre mi cama. Justo cuando Agapita iba por otra de sus crías tras mordisquear a la primera hasta matarla, y al ver que mi mamá y yo éramos incapaces de detenerla, Chipana abandonó su posición de observador solapado y burlón. Levantó a la trastornada coneja desde las orejas de un movimiento brusco que la hizo chillar y despertar a los que dormían, me la entregó, metió a los gazapos supervivientes en una de las cajas de zapatos que encontró en mi ropero y luego nos dio las instrucciones que les salvarían las vidas, como evitar tocarlos para no acentuar el rechazo de la madre. Me sentí aliviada y agradecida por la ayuda de Chipana. No me eché a llorar hasta que mi mamá arrancó de un tirón el edredón y las sábanas de mi cama agobiada por la suciedad y el escándalo más que por la escena filicida. Yo lloraba siempre que quería evitar ser reprendida, pero esta vez sabía que las consecuencias podían llegar a ser en verdad graves, porque comprometían mi amistad con Agapita. Mi mamá postergó mi castigo por un tiempo indefinido, algo que solía hacer para aumentar mi sentimiento de culpa, y dejó el trozo de la estatua de San Francisco sobre mi mesita de noche. Ninguna de los dos ganaba con ese juego de llantos y silencios, pero cada una creía que se salía con la suya.

No tardó en llegar la orden al carpintero de construir una conejera elevada, con dos ambientes separados por una malla metálica y una pequeña puerta. Me angustió alejar a Agapita del glamur de la casa amarilla de plástico duro, con su techo rojo de dos aguas y pequeñas ventanas, pero no me quedó más remedio que dejarla marchar a su madriguera de madera y triplay en el jardín yermo de la capitanía. Los gazapos crecieron y se multiplicaron en poco tiempo gracias, sobre todo, a los cuidados de Chipana, pero Agapita nunca aprendió a convivir con ellos, mucho menos a ser madre. Para mí eran ella y el resto de los conejos. Quería a los otros como una masa peluda y tierna a la que acariciaba con distinción, pero solo Agapita me elegía como su hogar. Movía su diminuta nariz cuando yo me acercaba a darle besos, y mordisqueaba los botones de mi uniforme del colegio y mi pelo trenzado, se estiraba con las patas separadas cuando me disponía a peinarla y se dormía conmigo sobre el suelo pantanoso, en el refugio que yo creaba para ella, por un rato, entre mi brazo y mi pecho.

3

No sé en qué momento los ojos rojos de Agapita fueron perdiendo el fulgor del primer día hasta transmitir un hondo desapego por la vida y convenciones de una coneja cautiva. Quizá contrajo una infección en el parto, como creía Chipana, o solo dejó de alimentarse con la voluntad de una mártir. Sea como fuere, murió sin signos de enfermedad, tan hermosa e impoluta como al principio. Dentro de mí sabía que nadie habría podido detener sus deseos de morir. Después de todo, Agapita era la melancólica coneja de una ciudad muerta.

El carpintero de la capitanía creó su pieza más insólita y delicada para ella: un pequeño ataúd de unos cincuenta centímetros de largo, de madera pulida de eucalipto, bisagras doradas y una cruz tallada en la parte delantera. Puso tal esmero porque no sabía que estaba destinado al eterno descanso de una coneja. El técnico que le dirigió la orden de mi papá debió sentir vergüenza de su pedido estrafalario y eligió el misterio y la solemnidad: «El comandante necesita un ataúd de bebé —tragó saliva—. Es un tema personal». El carpintero, que pasaba su tiempo justo encima de las catacumbas y la entrada al inframundo, solo podía tomar muy en serio tal pedido y agradecer la confianza del comandante en su trabajo en medio de quién sabe qué tragedia familiar, y lo hizo en un santiamén.

Cuando el pequeño ataúd estuvo acabado, pedí a mi papá que me ayudara a organizar el entierro. Podría parecer que mi papá me consentía hasta el capricho más extravagante, pero en realidad solo le divertía remarcar su poder ante sus subordinados. Mandó llamar al marinero en el que más confiaba. Este se cuadró con obediencia y disimuló como pudo la sonrisa que se le dibujaba en la cara mientras asimilaba que el capitán de puerto le pedía, con toda seriedad, presidir el cortejo fúnebre de una coneja. «Las pompas fúnebres», le lanzó risueño al otro marinero que nos acompañó hasta la zona bajo el muelle donde solían enterrar a los perros de la capitanía cuando morían, en los arenales cerca de la laguna.

Entre los dos marineros cavaron una fosa de poca profundidad. Yo coloqué el cajón dentro del agujero en el que apenas cabía y dejé salir toda la tristeza que traía dentro mientras uno de los marineros, por entonces más serio, lo cubrió con arena. Luego coloqué una cruz de palitos de chupete con el membrete «Agapita, patrona de Pisco Playa» y un *sticker* peludo de un conejo blanco. Algunos curiosos, entre pescadores y turistas, se habían agrupado en lo alto del muelle impresionados por lo que parecía un entierro en toda ley, con un auténtico ataúd y no la caja en que una niña despediría a su mascota. Los murmullos cesaron cuando les pedí a los marineros que se persignaran. Empezamos a rezar un Padrenuestro y, de repente, nuestros rezos se amplificaron en un gran murmullo gracias al acompañamiento de nuestros testigos del muelle. No sabía hasta ese momento que el consuelo más grande puede llegar de un grupo de desconocidos.

Esa noche soñé que abandonaba mi cama entre la oscuridad para volver al lugar de la ceremonia, desenterraba el cajón, retiraba el cuerpo de Agapita de su fondo suave entre rezos y murmullos, la llevaba a la casa de la *Barbie* y ella volvía a la vida. Pero la alegría por su resurrección duraba poco, pues su cuerpo perdía su forma redondeada y su color tan blanco, y empezaba a descomponerse ante mis ojos hasta secarse y convertirse en un esqueleto. Me desperté aturdida y con la mirada fija en el trozo de estatua de San Francisco que seguía sobre mi mesita. No pude volver a dormir.

4

Al día siguiente, volví del colegio a casa con el gesto solemne de una niña que acaba de descubrir la importancia de protagonizar un duelo. Pero no hallé consuelo al entrar en el salón, sino a mi mamá de espaldas, muy concentrada y aún más solemne que yo, de pie frente a su altar. Su cuerpo menudo hizo todo lo posible por expandirse hasta cubrir lo que cargaba en sus brazos. La curiosidad, guía impertinente, me hizo acercarme y empinarme hacia ella. Lo que vi se fijó en mis recuerdos para siempre y saturó mi alma infantil que acababa de probar, por primera vez, el amargor de la muerte: mi mamá sujetaba un bebé rígido, maquillado como una muñeca y envuelto en un ropón blanco reluciente. El pánico se apoderó de mí y corrí hasta mi cuarto a llorar.

Tardé largos minutos en recibir una explicación de lo que había visto. Mi mamá me contó que estaba ayudando a una madre joven que había quemado accidentalmente a su bebé de pocos días de nacido. En medio de la confusión y el miedo, tomó la decisión de llevarlo a la capitanía en busca de la ayuda de mi mamá, la buena señora que auxiliaba a todo el mundo, para velarlo y enterrarlo, sin pasar antes por un médico forense o la policía. Como la madre del bebé experimentaba ataques de angustia, mi mamá la dejó ir a descansar con sus familiares y se quedó ella sola con el cadáver. Envió a un marinero a comprar un ropón nuevo mientras ella ensayaba técnicas de maquillaje *post mortem*. Cuando me lo contaba, la imagen del bebé volvía a mi cabeza, pero no su cuerpo entero, sino ciertas partes, como los pompones blancos de su ropón o sus dedos que empezaban a teñirse de azul. Las imágenes se mezclaban con el cuerpo inerte de Agapita y me retorcía de angustia y de dolor. Muchos años después, mi mamá me dijo que no fue al velorio ni al entierro porque le causaba impresión que enterraran a un recién nacido. Lo otro había sido pan comido, pensé.

Ese don de no dejarse intimidar por la muerte le venía a mi mamá de su propia madre, mi abuela, la exploradora de inframundos. La recuerdo con su mandil azul de cuadros vichy rellenando con cal y algodón las entrañas de un loro mientras me saludaba con una sonrisa juguetona. No era una taxidermista experta, pero la suya era una época más dada a los pasatiempos y al coleccionismo improvisado. A veces, yo la ayudaba a combinar partes de animales o de juguetes antiguos, como en esa ocasión en que unimos las plumas de una cotorra a la cola de un periquito, que, a su vez, tenía los ojos saltones de un antiguo ratón de juguete. Los pájaros en mejor estado mantenían su composición original y solo les añadíamos el toque final de una posición «tierna», como esconder la cabeza en el pecho para dormir o arrancarse las plumas en un estado de incontrolable nerviosismo. Pero ella tenía algo que mi mamá ni yo heredamos: paciencia. Decía que el cuerpo de las aves, insumo principal de su arte imperecedero, llegaba a su tiempo: a veces con la muerte de alguno de los periquitos o loros que criaba en las jaulas de su patio, a veces con la paloma moribunda que se cruzaba en su camino y no lograba salvar, o con la donación de una amiga de la parroquia que también criaba pájaros. No había verdadera intención de ver morir a un ave.

Mi mamá adolecía de una compasión ansiosa que la hacía buscar soluciones veloces para revertir, o al menos silenciar por un tiempo, el dolor ajeno. El deseo de deshacerse, más que del bebé muerto, de la madre sufriente la llevó a contemplar una posibilidad difícil de comprender fuera del marco de su impaciencia: exhumar a Agapita para donar el cajón blanco al bebé maquillado y vestido, su pieza de arte efímero. Cuando me lo planteó, sentí un gran alivio. Para ese momento mi nerviosismo me impulsaba a salvar a Agapita de la muerte. No quería dejarla sola en el jardín hasta convertirse en un cuerpo corrupto y, más tarde, en otro esqueleto de los que abundaban en las profundidades de la capitanía.

Chipana, el truena cuellos y guisador experto de conejos, pensó que exhumar a un animal al que se le había dado cristiana sepultura era ir demasiado lejos, pero se ofreció a ayudarnos en nuestra misión más delirante. Cuando el bebé se hubo marchado dentro del exquisito ataúd blanco, Chipana me ofreció cortar una pata para la buena suerte o hacer un llavero de la cola de Agapita antes de volver a enterrarla en un contenedor menos vistoso, pero yo no quería desmembrarla para convertirla en un *souvenir*; mucho menos quería devolverla al cementerio de animales. La respuesta llegó a mí con inusitada claridad. Quería inmortalizar a Agapita, interrumpir el deterioro de su ser perfecto. Después de todo, disecar aves no podía ser tan distinto a preservar una coneja.

Y así lo hice. Con las lecciones aprendidas de mi abuela, las habilidades de Chipana para manipular animales muertos y los pocos escrúpulos de mi mamá ante la muerte conseguimos una pieza extraordinaria. La nueva Agapita tenía una pose tan graciosa como sombría que los más puristas del arte de la taxidermia considerarían una chapuza y los más vanguardistas, una pieza verdaderamente original. Los ojos reemplazados ya no transmitían su antigua soberbia ni su naricita se movía cuando la acercaba a mi cara, pero el pelo seguía siendo suave y sus orejas conservaban el interior rosado con las venas diminutas. Agapita viviría por fin su existencia más sublime en la casa de la *Barbie*. La muerte perdió su velo trágico para ofrecerme la belleza blanca de un altar que llevo conmigo a todas partes.

De venial a mortal

Viviana Bermúdez-Arceo

VIVIANA BERMÚDEZ-ARCEO nació en Blanquier (Argentina) y reside en Buenos Aires. Es profesora en Letras y Licenciada en Comunicación. Estudió Maestría en Análisis del Discurso (Universidad de Buenos Aires) y posee una Diplomatura en Cultura Argentina (Cudes-Universidad Austral). Ha sido secretaria de Redacción de la revista *El grillo* y directora de *Gente de Letras*.

Ha obtenido el Premio de Cuento de la Sociedad Argentina de Escritores (SADE); Premio Crearte del Gobierno de la Ciudad de Buenos Aires; Premio F. Estrella Gutiérrez de Rotary Club y el Premio de Ensayo Prof. A. Quaranta, entre otros.

Tiene publicados los libros de cuentos *Donde habitan las rocas* y *La voz de las máscaras*; el ensayo *Miradas de lo femenino. Década del 30. Cine-Revistas-Poesía* y cinco poemarios. Está incluida en numerosas antologías.

El asunto lo tenía pensado hacía tiempo. Y ahora se daba la ocasión. La abuela nunca salía pero esta vez, mientras se acomodaba bien tirante el pelo canoso, le había avisado que quería dar un rápido saludo de cumpleaños a doña Encarna y volvería quizás enseguida, porque la casa quedaba solo a dos o tres cuadras. Inés sintió que los golpes agitados en su pecho al acercarse al ropero se aceleraban cuando tomaba el tirador con forma de gota, que tanto le gustaba. Alguna vez hizo repiquetear el pequeño bronce contra la madera, como si fuera una sortija de calesita. No, cariño, que se raya la puerta. Eres revoltosa. No fue necesaria otra advertencia en aquel momento. Ahora lo tomó con cuidado, tironeó apenas y la puerta se abrió. Se asombró con el interior del mueble, tan oscuro, parecía que el invierno se había colado hasta allí y allí se había concentrado. Un olor mezcla de viejo e intocado pero también de naftalina, le hizo picar la nariz. Un aire, mejor, un silencio liso y puro, sin pliegues, como las sábanas blancas acomodadas una sobre otra, prolijamente planchadas, luego acomodadas sobre la cama —ella había sido testigo de lo meticulosa que podía ser la abuela— y más tarde, ubicadas en uno de los estantes. Penumbra. Abrir la puerta a un campo quieto. Un universo compacto y blanco lo abarca casi todo: toallas de tela con encaje a bolillo, mantillas pequeñas de blanco amarillento y, sobre ellas, una más amplia de encaje negro.

Ella ha abierto la hoja del ropero y la luna del espejo le trajo el rostro de la Inmaculada Concepción y, sobre la estampa adherida, colgaba un rosario de brillantes cuentas violáceas, con un crucifijo de filigrana, que oscila levemente, en respuesta al movimiento. No se miró en el espejo. No quiso. Sabía que no era inocente. Si lo hubiera hecho, hubiera visto sus mejillas coloradas del ardor que le provocaba su respiración, que se cortaba y arrancaba como si fuera un motor en desuso. Le llamaba la atención la foto de una niña, que seguramente olía a viejo. Diez años, algo así, como ella. Orgullosa bajo su cofia, luce un vestido vaporoso, un gran copo de nieve. Lo compara con su propia ropa de comunión, cosida por su mamá. Concluye que era mucho más sencilla y también más auténtica. Las manos de la desconocida parecen juntarse para retener algún deseo, unidas en una plegaria que ella juzga rotundamente simulada, lo mismo que los ojos que se dirigen con exageración, hacia un cielo imaginado. Casi brota en ella una palabra: falsa.

Va recorriendo ese interior, con ojos curiosos y rápidos. No debe detenerse mucho en hurgar este espacio secreto. Un chirrido en la puerta de calle. ¿Tan rápido ha vuelto? Unos segundos se queda inquieta y luego respira. Que no regrese tan pronto. Tocar, tocar apenas, cada cosa interesante. Pero con delicadeza. Y sobre todo, volver a ubicarla en su lugar. En su exacto lugar. La cinta con dos trocitos de tela rosa del escapulario, que le había visto colgarse en el cuello a la abuela, lentamente y como si alguien la estuviera condecorando, un pequeño florero de vidrio, que parece una campana dada vuelta. Inés ha visto en él, el acostumbrado ramillete de aljabas, sobre la mesa de luz, junto a la foto del señor con bigotes oscuros, cerca de la radio que ella imagina como una capilla. Y el misal. Lee la tapa: *Áncora de salvación*. Un librito de hojas sueltas, que la abuela sostiene en sus manos, desde la cama, por las noches. No es para niños, porque no lo entenderían o entenderían algo equivocado. Sí respetar el catecismo que uno ha estudiado para la primera comunión. Ahí aprendió que no hay que pecar. Y que los pecados tienen distinta importancia. Venial o mortal. ¿Esto de espiar será pecado? Sí. Porque es un engaño. Es como un perro negro que viene por tus piernas y después por tu corazón. ¿La apartará del cielo? Siente temor, porque piensa en una imagen que vio en un libro, de la gente sufriendo las llamas del Purgatorio. Pero debe aprovechar esta pequeña locura de querer saber. Estas maravillas que la atraen porque son prohibidas, que la empujan, aun sabiendo que algo la está corroyendo por dentro, porque ha traspasado un muro y se ha metido en terreno ajeno, algo agazapado que se ha mostrado al fin, con su pico de pájaro incansable y perverso. Que continuaba su espiral y se imponía, avasallador, sin término, en este espacio corto de libertad.

Descubre el frasco, como un obelisco pequeño y colorado. Dentro, el barniz rutilante, un líquido aceitado que la arrastraba a pensar que una herida no hubiera sido más bella que este lacre encerrado y coronado por una punta aguda Esa tapa era la que había que desenroscar. ¿De quién? No de su abuela. Viene un recuerdo. La ve en el patio, lavando, arqueada sobre la pileta de piedra, brazos y codos descansando en el borde, un delantal sobre la larga pollera oscura y la blusa negra con puntitos blancos, medio luto, le había explicado. Solo le conocía el color cuando se preparaba con su camisón celeste para que hicieran la siesta. La abuela se dormía rápido y la cama que compartían era estrecha, así que ella podía aspirar el aroma a jabón La Toja y además, captar la respiración sobre su propia espalda. Le costaba dormir cuando por la celosía se colgaba algo de luz. Se hacía la dormida y a veces sentía sobre su pelo, algo parecido al roce de una pluma pero sabía que era la mano vieja posándose allí, quizás para ansiar que nunca se fuera, que no quisiera irse. Ella, pequeña y silenciosa a su lado. Como cuando la abuela mueve las manos blancas de espuma. Mirarlas bajo el jabón, nudosas, las venas eran ríos de trazo caprichoso, figurarse que en verdad estaba hundiendo los dedos y con las uñas cortas intentaba atrapar peces desconocidos y movedizos.

—Abuela, usted no se pinta las uñas... La frase se le había ocurrido de golpe. Las manos abandonaron la espuma para que el agua clara corriera sobre ellas. Cerró la canilla, volvió sus ojos pardos detenidos hacia Inés y luego de un silencio corto, habló. Eso era pecado, era una ofensa a Dios, algo que nos apartaba de él, eso fue todo lo que dijo. En ese momento la niña sintió un pozo abierto en el pecho, algo que no conocía, un pulso de vergüenza la sacudía por dentro, hoy tan vivo como esa mañana. Innumerables preguntas desordenadas y molestas se hundieron en ella. Se dio vuelta con rapidez y comenzó a acariciar las flores, comentando qué colores tan brillantes tenían las aljabas.

Sabía muy bien que el frasquito no era de la abuela. ¿De quién sino de Norma? No le preguntaría sobre la foto porque no debía hablarse de ella. Había sido, mejor dicho, era, tan nieta como ella, pero además, una leyenda, una historia censurada, frases entrecortadas que ella pescaba en charlas llenas de tonterías, al regreso del trabajo de su madre. ¿Te apetece un té?, tengo galletitas, algo duras eso sí, porque poco das, menos llevas, ofrecía la abuela. Y aunque la mandaban a cortar un limón de la planta del fondo, ella se quedaba escuchando, espiando, como lo hacía su abuela detrás de la celosía, hacia la calle. Oyó: Quería hacer su voluntad. Oyó: Se quería ir a vivir sola. Y otra vez: Dónde andará. No sabemos dónde vive.

No debía preguntar, lo sabía. La intriga era como pisar ascuas. Pero también una figura que sonreía y ocultaba una historia ardiente que horadaba su pensamiento sin fronteras, una historia libre y peligrosa, mientras sostenía la torrecita granate en su mano. En el silencio se oyó el leve chasquido, cuando decidió desenroscar la tapita. Tuvo por un momento la certidumbre de que la laca era inservible. La desazón casi la invade pero al remover el esmalte pecaminoso, comprobó que podía deslizar el pequeño pincel y colocar una gota espesa en el dedo índice, apenas una manchita brillosa que resaltaba en su dedo de uñas mordidas. Ese dedo que a lo mejor le serviría para señalar, advertir y también rasgar, hurgar, como la gente grande. Se dedicó a decorar cada una de las uñas de su mano izquierda y le pareció que habían florecido en fucsia, como las aljabas. Flores como alas, pájaros como delicadas plantas, todo brillaba y todo flotaba para delinear miles de sonrisas amorosas. Sin embargo, algo como un líquido porfiado, asciende hasta su pecho, que le reclama, le recuerda: ha cruzado otro umbral, ha traspasado la división tajante entre lo que se debe y la ofensa. Ahora sí. Mortal. Había causado la muerte de su alma. Siente que se enfrenta a un hecho irremediable y esas cinco llagas no pueden borrarse, apenas esconderse en el bolsillo del jumper y enterrar el frasquito en la maceta... Pésame... y me arrepiento... infierno que merecí... cielo que perdí... Apariciones horrorosas, un mosquerío bermellón y ponzoñoso no la dejaba en paz. Ojos colorados y puntiagudos no cesaban de acecharla, astillas enardecidas se disponían en una ronda cerca de su cabeza, incluso cuando corrió hacia el patio y en la maceta grande inyectó la tapa puntiaguda y todo el frasco, que se abría paso en la tierra, a pesar de la dificultad de las pequeñas raíces. Finalmente logró incrustarlo lo más profundo posible.

Pasó el año escolar y en las vacaciones de julio ya no se aburriría en el departamento. La abuela la recibió con una palma que ella captó cariñosa y al mismo tiempo, áspera, como siempre. Mira, las aljabas no resistieron, fue lo primero que le dijo, mira, le señalaba la maceta vacía y su tierra grisácea de sal. Será que me he descuidado con el riego. ¿No? Ella ignoró la mirada fija y encogió los hombros.

Los días siguientes la había visto pedalear y pedalear frente a la Singer y cuando la sedalina se acabó, fue necesario salir a comprar. Inés se quedó sola. El ansia de nuevos descubrimientos la tironeaba hacia el ropero. A la vacilación y el temor siguió un paso decidido. Avanzó, abrió la puerta del mueble y allí, frente a ella, renacido, brillante y pecador, estaba el frasquito. Comprobó que en las estrías de la tapa conservaba algún vestigio de tierra. Pensó, embrollada, al borde de una confusión donde definitivamente se le mezclaban y surgían imágenes que le ordenaban olvidar todo. Luego sintió como un deber imperioso hacerle saber a la abuela, avisarle para que lo arrancara de allí.

Una historia que pudo ser

María Jesús Fariña Busto

MARÍA JESÚS FARIÑA BUSTO nació en Ourense. Es doctora en Filología y ha sido profesora de Literatura Hispanoamericana en la Universidad de Vigo. En la actualidad, compagina su actividad investigadora con la creación.
Ha obtenido el accésit en el II y IV Premio de Narración Breve UNED. Fue finalista en el XXXIV Premio Ana María Matute de relato. Está incluida en las antologías *Almario de palabras* (Barcelona, 1997) y *Algunas veces, todas*, (Madrid, 2016).

Escribir no es un acto inocente. La Historia tampoco es inocente. Este relato constituye un homenaje a todas las mujeres y a la imaginación.

Algunos hitos de la historia literaria sucintamente anotados, había dicho el profesor. Ese era el tema que les proponía. *Hito*, es decir, *persona, cosa o hecho clave y fundamental dentro de un ámbito y contexto*. Así lo definía el Diccionario. Después buscó *hartazgo*. Resultaba que todos los hitos que había estudiado eran tan masculinos como el género gramatical de ese sustantivo, y estaba cansada, fastidiada, saciada, vamos, harta. Con esa motivación, la de la hartura, se prometió a sí misma que bajo ningún concepto redactaría una exposición falta de originalidad o de compromiso. El suyo tenía que ser un texto singular, rompedor, destinado a ser comprendido por mentes abiertas y capaces de apreciar las actitudes creativas y, por qué no, también mordaces.

Era cierto que la tarea se presentaba fatigosa, pues si bien la movía el objetivo principal de abordar con un enfoque crítico los contenidos de la materia, debería demostrar además su conocimiento de los mismos y su competencia para valorar y resumir la información. Dio vueltas a mil y una ideas y a mil posibilidades antes de encender el ordenador, buscar el documento con las notas de clase y repasar uno por uno todos los nombres y los textos. La cosa tenía *intríngulis*, ese término extraño y en desuso, según el parecer de la Real Academia, que, en ese momento, le pareció el más apropiado para describir el asunto que se traía entre manos. Palabra de origen desconocido, como desconocidos eran tantos nombres femeninos que la historia había lanzado al olvido o simplemente había desechado. Nada de esto la hizo desesperar, sin embargo. Cuando algo se le metía entre ceja y ceja, ya podía hundirse el mundo que no había vuelta atrás.

La tarde se tragó a la mañana y la noche a la tarde. Cuando amaneció, le hervía la sangre y la cabeza, pero la embargaba la emoción. Sabía que aquellas tres páginas paridas por su ingenio no despertarían más que comentarios jocosos y, con toda probabilidad, una calificación de insuficiente absoluto. No le importaba. El veredicto de Lena, su compañera de piso, había sido categórico: suspenso garantizado, aunque, eso sí, había añadido con alborozo, le había encantado. Aquella opinión era el mejor premio. De hecho, prefería una nota negativa a un sobresaliente por un trabajo sin perspectiva personal alguna, un mero agregado de datos extraídos de aquí y de allá. Ya se encargaba su madre de recordarle con frecuencia que el orgullo le ocasionaría muchos disgustos, pero antes orgullosa que dócil, se dijo. Bajó las escaleras en volandas y subió al bus en estado de euforia. Se notaba ligera, capaz de levantarse del suelo y de tocar las nubes. No se podía entender aquel escrito como un simple ejercicio para una asignatura, era el resultado de su inteligencia puesta a prueba y creía que había salido triunfante.

El mundo entero se había despertado renovado. El aire parecía más limpio y ni siquiera el color gris del día y el chirimiri que no había cesado desde la víspera la molestaban.

Una especie de ambiente festivo y de regocijo lo inundaba todo; incluso en los pasillos de la facultad detectó una atmósfera inhabitual, más viva y animosa. Mientras se dirigía hacia el aula, una compañera se le acercó para preguntarle qué tal le había ido con el dichoso temita. Estupendo, respondió, a pesar de tener la total convicción de que Casillas se lo tomaría como una bomba. Casillas era el profesor de la materia, un experto en literatura medieval y del Siglo de Oro al que, sin lugar a dudas, aquel texto lo sacaría de las suyas, juzgándolo una herejía. El duelo estaba servido. Ya no había tiempo para ninguna otra cosa y, además, se encontraba enormemente satisfecha de lo conseguido. Pero antes de entregarlo, listo para sentencia, se tomó aún unos minutos para releerlo:

UNA HISTORIA QUE PUDO SER

Autora anónima, *Poema de Mía Señora* (siglo xii). Texto épico apenas documentado. Hallado en un manuscrito de la Quinta das Lágrimas, en Coimbra, está hoy en paradero desconocido. Narra las hazañas de una dama del siglo xii que, al frente de un pequeñísimo ejército de mujeres, fue capaz de asediar y tomar un castillo, estableciendo posteriormente en él un taller dedicado a la fabricación de armaduras. Su gran talento y sus conquistas tanto guerreras como amorosas le hicieron alcanzar tal fama que, durante muchísimos años después de su muerte, su castillo se convirtió en visita obligada para centenares de amantes ensoñadoras.

La monja de Utrera, *Libro de los amores raros y extraordinarios* (1343). Serie de composiciones poéticas que relatan la vida cotidiana en un monasterio de monjas benedictinas a lo largo de más de cinco décadas.

Intercalado dentro de ese relato principal, y de forma fragmentada, se encuentra un texto de temática amorosa y formulación simbólica cuyas fuentes no han sido todavía adecuadamente fijadas. El título del libro responde a la condición de los amores descritos, aunque, con toda probabilidad, busca destacar asimismo el tono llamativamente hiperbólico y audaz de las imágenes, de inusual originalidad para su momento histórico-literario.

Duquesa de Sotomayor, *Comedieta donde los hombres se queman* (1435) y *Diálogo de Juno y Diana* (1460). Dos obras de una escritora ciertamente notable. Conocedora de todos los modelos de la antigüedad clásica y dotada con una poderosísima vena creativa, convierte la *Comedieta* en un alegato en contra de todas las deformidades ocasionadas por los prejuicios y los fanatismos. En este sentido, se anticipa con mucho a textos que, en centurias siguientes, recogerán su lección y la elevarán a categoría de máxima. Por su parte, en el *Diálogo* queda igualmente de manifiesto el posicionamiento de una escritora muy avanzada para su tiempo. El discurso de las protagonistas (significativamente, Juno y Diana) supone toda una declaración de intenciones en torno a la educación y a la libertad sexual de las mujeres, que se reclama al final de un modo explícito y decidido en una larga intervención de Diana.

Felicia de Siena, *Juan Correveidile* (hacia 1438). Texto paródico y picaresco que pone el acento sobre el vicio del chismorreo y la difamación representado por el personaje protagonista. Sin grandes alardes retóricos y de composición muy sencilla, la autora rebate con argumentos inequívocos la creencia propagada por la tradición de que la murmuración y el cotilleo constituyen costumbres intrínsecamente femeninas.

Juana Fernández de Cea, *Crónica de las damas del reino* (1452). Como su nombre da a entender, esta obra refiere acontecimientos contemporáneos a su escritura. Además del sumario de hechos relevantes, el texto traza la semblanza de seis damas de la corte. Los límites entre historia y ficción parecen poco definidos, hasta tal punto que diferentes voces críticas han aventurado la posibilidad de que la mayor parte de sus datos sea completamente falsa (algo que, por otro lado, cabría afirmar de muchas otras crónicas, redactadas obedeciendo a objetivos muy concretos y a partir de informaciones no siempre veraces y no siempre contrastadas).

Autora anónima, *Historia de peregrinas y escépticas* (sin datar). Sujetos escépticos e ideas peregrinas. Pero también escépticas que desenvolvieron una intensa actividad intelectual y artística en busca de respuestas a los grandes enigmas del ser, y peregrinas que viajaron por Francia e Italia y participaron en diversas expediciones a las Indias. La narración de sus andanzas ofrece un extraordinario ejemplo de amenidad y fluidez expresiva.

Casilda Dones, *Manual de viajes fingidos* (1531). Dentro de los libros de viajes del siglo XVI, este *Manual* posee la peculiaridad de responder a casi todos los rasgos del género recreando únicamente viajes imaginados. Muestra una verdadera maestría en las descripciones tanto de acontecimientos como de personajes y de paisajes, y posee la particularidad de detenerse en episodios y peripecias con un detallismo muy pocas veces empleado en textos similares.

Fernanda de Cambados, *Diálogos de buen falar* (1535). Breve tratado sobre reglas de corrección lingüística y sobre el uso de modismos y frases singulares dentro de zonas dialectales fronterizas. Incorpora como adenda una colección de diálogos creativos donde se ensayan las pautas examinadas previamente y se realizan, adelantándose en siglos a esta temática, consideraciones de importante calado sobre el sexismo y el androcentrismo lingüístico.

Luisa Vivas, *La casada pluscuamperfecta y modelos varios de imperfecciones* (1584). Poco o nada tiene que ver este libro con un tratado de carácter prescriptivo, como sí lo fueron algunos otros de su época a los que replica, sino que se presenta como un texto sarcástico donde situaciones cotidianas referentes a la vida conyugal son explicadas por la narradora (que llama la atención sobre ciertas malas artes de maridos irrespetuosos) poniéndolas en relación con algunas categorías gramaticales y sintácticas. Es notoria la destreza y flexibilidad con que la autora se mueve por contenidos de muy distintas disciplinas, quedando en evidencia su amplio conocimiento de las mismas a lo largo de cada uno de los veinte capítulos que conforman la obra.

Doña Eustaquia del Olivar (atribuida), *¿Dónde estuviste, caballero, que te perdiste?* (texto sin datar). Poema romanceado integrado por cinco cantos. Conservado en un Cancionero del siglo XVI, tiene como personaje central a un caballero que perdió la cordura en disparatadas batallas dialécticas. La composición se apoya en un uso innegablemente hábil de la interrogación y la lítote, y, aunque el título pudiera hacer pensar en un tono burlón o paródico, nada más lejos de la realidad, pues si algún rasgo distingue a este texto es su carácter elegíaco.

Lupa de Veiga, *La engalanada de Medina* (1629). Texto dramático en tres jornadas a lo largo de las cuales, utilizando diálogos muy dinámicos y un registro discursivo muy coloquial, se reconstruye la historia (supuestamente verídica) de una vecina de Medina en vísperas de su boda. El enredo en las situaciones que afectan a esta surge, sin embargo, de anécdotas relacionadas con el ajuar del novio, lo que otorga a la obra una tonalidad satírica y una indudable intención crítica.

Rosaura de la Nave, *No hay orden que no se altere ni sueño que no se olvide* con los *Autos profanos y orquestales* (sin fecha, hacia el primer tercio del siglo XVII). Que todas las cosas y los seres se transforman es lema de larguísima tradición. Rosaura de la Nave vuelve sobre el tópico para dar cuerpo a una tragedia de dimensiones heroicas, subrayada en escena por una aparatosa escenografía y un vestuario ornamental, colorista y refinado. Las derivaciones morales de ciertos pasajes son tomadas por la autora para la composición de los *Autos* que acompañan a la tragedia, independientes de ella en tanto que textos cerrados en sí mismos, pero que potencian algunos significados de aquella si son leídos como una continuación de la misma.

Baltasara de los Llanos, *Sobre la reforma del ámbito doméstico y algunos espectáculos anexos* (1798). En la línea reformista de su época, la autora se pronuncia a favor de una modificación radical del tipo de organización y distribución de responsabilidades dentro del espacio doméstico, de obligada revisión con vistas a la construcción de nuevos sujetos sociales y de nuevas formas de relacionarse entre ellos. A través de las alusiones y observaciones realizadas en el texto, la escritora desvela sus fuentes, sus modelos y la profunda asimilación de las ideas filosóficas y estéticas de su más estricta contemporaneidad, eludiendo todo signo de localismo o reduccionismo y defendiendo por encima de todo, y de una manera apasionada, la libertad de creación y la voluntad de mejora en todos los ámbitos de la vida.

Sandra Gonzalo de Mondariz, *El no y no al padre* (1804). Comedia en la que se escenifica la rebeldía de una joven que se opone resueltamente a las decisiones paternas en torno al futuro de su vida, tanto en lo concerniente a cuestiones sentimentales como de cualquier otra índole. El no y no, recurrente a lo largo de toda la obra, adquiere categoría de coro en el final de algunas escenas y en ciertos momentos llega a ahogar las intervenciones del padre, especialmente aquella en que desata toda su furia cuando la hija se atreve a confesarle su lesbianismo.

Jacoba Galán, *Ovularios*, diez volúmenes (1950-1965). Destacada especialista en muy distintos ámbitos del saber, Galán recopila en estos diez tomos un conjunto de textos procedentes de clases, conferencias, mesas redondas, ciclos formativos y de especialización. Los sujetos dentro de la cultura, el poder, el lenguaje, la sexualidad, el cuerpo, las emociones, el impulso artístico, son algunos de los muchos problemas que la autora somete a discusión. Por el rigor, la precisión y la pertinencia de sus argumentos, estos *Ovularios* se han convertido en una obra de referencia desde la misma fecha de su publicación.

Más que sonreír, rio sin contenerse, causando asombro y sorpresa a su alrededor. Era evidente que la imaginación creaba realidades. Solo había que arañar un poco y de inmediato aparecían los nombres, asomando desde un continente tan sumergido como la Atlántida. Aunque en ese caso no se trataba de ningún territorio mítico, se trataba de uno despreciado y silenciado y que por eso precisaba de expedicionarias audaces a la busca de su rescate. Se sintió una de ellas, una exploradora intrépida abriendo claros en medio del intrincado ramaje de un bosque milenario. La audacia era cualidad imprescindible para modificar algo o para dar carta de existencia a algo o a alguien a quien se le había negado. También el Diccionario lo exponía con claridad: *audacia* derivaba de *audere*, y *audere*, a su vez, de *avidere*, *avidez*, fuerte deseo de algo. En el contexto que la ocupaba, ese deseo consistía en sacar de la oscuridad a aquellas mujeres que habían escrito rebelándose contra todo tipo de obstáculos y de normas y que habían hecho de la insumisión y la resistencia los emblemas de su blasón. Consideró que casi siempre sucedía así, que eran pequeños gestos de atrevimiento los que determinaban los cambios trascendentales, y con ese pensamiento en su cabeza depositó el ejercicio sobre la mesa del profesor.

Gorriones

Laidi Fernández de Juan

ADELAIDA FERNÁNDEZ DE JUAN (LAIDI) nació en La Habana, Cuba en 1961. Estudió Medicina, ejerció como médica durante más de dos décadas y cumplió misión internacionalista en Zambia, de 1988 a 1990. Dirigió y condujo el espacio «Miércoles de sonrisas» del Centro Dulce María Loynaz de 2011 a 2016. Sus estampas aparecen periódicamente en la columna «Hablando en plata», de la *Revista Cultural La Jiribilla*. Ha obtenido las siguientes distinciones, entre otras: Premio de cuentos de la UNEAC «Luis Felipe Rodríguez» en dos ocasiones, Premio de cuentos Alejo Carpentier (2005), Premio Dinosaurio de minicuentos (2013), Premio del concurso nacional de cuentos «El hilo y la cuerda» (2015) y Premio de la Crítica Literaria en 2019 por su libro de crónicas *La Habana nuestra de cada día*. Ha obtenido Mención en tres ocasiones en el Premio Iberoamericano de cuentos Julio Cortázar, la última vez en 2024.

Tiene publicados más de diez libros de narraciones, en Cuba y en otros países.

Llevo varias noches durmiendo en tu cama. Me abrazo a la almohada con la frivolidad de una actriz que posa ante la cámara, y el argumento de la película podría ser que su marido ha ido a la guerra. Precisamente es así como dicen mis vecinas a fuer de consuelo: «Tu hijo no ha ido a la guerra, no tienes por qué angustiarte», como si fuese solo eso lo que justificara la añoranza, el miedo, la rabia. Rabia es una palabra que define lo que ahora mismo siento, y cuando te despedí en el aeropuerto tuve conciencia de que me iba a roer por dentro. Luego de que el avión partió, y tuve cordura para secarme las lágrimas, los mocos, la baba, y dejar de hipear, lo primero que me salió por la boca fue la catarata de frases en sordina: «País de mierda, qué mierda todo. País de mierda, qué mierda todo». Varios días más tarde pedí perdón. Al país, quiero decir. Porque esta Isla hermosa de tan ardiente sol no tiene culpa de nada, como bien sabes. Te recuerdo con diez años, optando por el premio del Concurso Municipal de Historia. No querías participar, te daba miedo enfrentarte a la muchachada esa mañana. Te negabas a ir al sitio del concurso, y desde que amaneció dijiste «Me duele la barriga». Yo te repetí el premio: una bicicleta china marca Forever. A empujones, llegamos a la dirección municipal de educación, donde ya estaba el resto de los concursantes, con sus respectivas maestras. Te imaginaba pedaleando por todo El Vedado en la Forever que ibas a ganar, cuando avisaron (las madres esperábamos afuera del local del municipio), que uno de los aspirantes al premio estaba vomitando en el aula, y se quejaba de dolor de panza. Más rápida que un rayo de agosto llegué hasta tu asiento, y tu mirada lo dijo todo: algo en tu intestino, superior al anhelo de una bicicleta que no podíamos comprar, estaba a punto de reventar, de manera que te llevé al hospital.

El cirujano me permitió traerte a casa a las seis horas de operado. Luego tu maestra vino, te regaló diplomas, flores, y un cartuchito con caramelos, pero la Forever nunca, *ever*. Te quedaste *forever* sin Forever. Y dijiste «qué país de mierda». Nunca me gustó esa frase. Me parecía un insulto a los próceres, al Morro, a las guerras mambisas, a esos nombres que tú repetías desde mucho antes de la preparación para el concurso de Historia. Ahora creo que también era un insulto hacia nosotros mismos, quienes rechazamos la idea de aquellas balsas taínas que se hundían, o arribaban al otro lado: nada era seguro. En aquellos momentos las noticias eran ambivalentes, algunas creíbles y otras no tanto, pero la gente continuaba marchando hacia rutas inciertas. Se fueron tu padre, muchos de tus socitos del barrio, mi mejor amiga, los vecinos de al lado, varios del edificio, algunas maestras, y más de un conocido, pero nosotros seguíamos en el duro bregar de construir el futuro. Te escribo, a sabiendas de lo difícil que será que algún día leas este diario. Apenas lees ya, qué horror. Luego de atragantarte con libros escolares, abandonaste el privilegio de leer. Quién lo hubiera dicho. Eres un emigrado más, y me abstengo de pronunciar tu nombre. Hace mucho tiempo, sucedió algo parecido: en las casas dejaron de decirse los nombres de quienes habían partido hacia el otro lado del mar, o sea, Allá. Era como si de repente se esfumaran. No era bien visto que se mantuviera correspondencia con «esa gente», de manera que, para fingir indiferencia, de verdad se llegaba al punto del desconocimiento total de los llamados gusanos. Las madres dejaban de saber de sus hijos, ellos ignoraban la suerte de las abuelas, y de los nietos, ni hablar. Si acaso, llegaban fotos desteñidas que parecían tomadas en un mismo estudio. Carros y casas de fondo, y sonrisas, muchas sonrisas. Luego, el silencio. De pronto, un buen día, nos dijeron que había que recibir a los emigrados. Ya no eran gusanos, sino miembros de la comunidad. «Llega la comunidad» era el comentario más oído. Con la misma convicción de haber desdeñado a los gusanos, recibíamos a los comunitarios. Nuestra casa fue quizás una de las pocas excepciones en ambos maratones: no teníamos gusanos en la familia, ni, por consiguiente, comunitarios. Contemplábamos los trajines del resto de los hogares de la cuadra con la serenidad con la cual se mira el desalojo o la mudanza de un vecino. O sea, a medio camino entre el interés curioso por saber del otro, y la certeza de que no es asunto de gran importancia. Nuestra familia no se inmutó, aunque una vez más fuimos blanco de la murmuración vecinal. Como tu abuela daba clases en la universidad, habíamos pasado por varios estatus a nivel de barrio, en distintas épocas: Acomodados, sabichosos, respingones. Fuera de las aulas, éramos considerados... agárrate para escuchar esto: «burgueses buenos». Hay que ser muy mierdero para creer que un maestro es un burgués, aunque, al menos «bueno». Se necesita coraje para andar por la vida sabiendo que los demás están equivocados, y mucho valor por no proceder de un origen obrero, tan bien visto en la época de la cual te cuento. Más de la mitad de la gente declaraba proceder de origen obrero, y si era obrero-campesino, mejor. La primera vez que preguntaron mi procedencia, me quedé en Babia, y más o menos dije «mi madre da clases en la universidad». El funcionario que llenaba mi planilla para ingresar en la escuela se quedó en Babia también. Y llenó el renglón así: «Origen intelectual» como quien dice qué asco. Actualmente, cuando me preguntan por ti, digo siempre lo mismo: «Está estudiando». A estas alturas ya debías tener más sabiduría que Einstein, porque llevas estudiando setecientos años como quien dice, pero eso no importa. Lo único que me tranquiliza es espiarte. Poco a poco he armado un ejército de pájaros que espía para mí. Sin que lo sepas, te observan, te siguen, te cuidan, y claro está, me cuentan. Gracias a mis gorriones, como les digo, te sigo la pista. Sé, por ejemplo, que vives en un sitio tan diminuto que cuando te estiras al despertar, tus manos rozan las paredes. El Gorrión Uno me dice que no me deje llevar por la mala impresión de esa noticia. Me ha explicado que Allá es normal vivir de esa forma cuando se recién llega. Con suerte, y con todos los estudios que tú haces, muy pronto podrás rentarte en otro lugar, donde al menos no tengas que agacharte a la hora de orinar. Según entiendo, vives en una especie de cucurucho de maní, y dentro de muy poco (si le creo a Gorrión Uno, como le creo, porque estoy acostumbrada a creer, y es bueno afianzarse a una creencia cual clavo caliente), podrás mudarte a otro cucurucho más amplio, como los de rositas de maíz. Luego te tocará un cono como los de helado, hasta que logres un habitáculo decente, digo yo. El gorrión Dos no es tal, sino Gorriona. Seguramente la has visto, aunque ella es muy astuta como para dejarse reconocer. Esa Gorriona me pone los pelos de punta, pero le agradezco que esté pendiente de ti, de tus estudios, y de tus actividades en general. Gorriona me saca de quicio porque dice que cómo carajo te digo «niño» con lo tarajalludo que estás. Cuando llama para informarme, empieza así: «Oye, histérica, lo que tengo para ti». «Aquí Histérica», le digo. «Habla alto y claro, Gorriona». Ella concentra su labor detectivesca no solo a tus estudios, sino a la relación que mantienes con tu padre. Mejor dicho, que tuviste hasta hace poco. Por sus informes estoy al tanto de la tremebunda tángana que ustedes dos sostuvieron, motivo por el cual te obligó a cambiar su casón con piscina por tu actual cucurucho manisero. Ay, Dios, yo sabía que eso venía como JuanQueSeMata. Perdí la cuenta de las veces que te dije que tu padre es alguien muy tóxico, de quien hay que huir a toda costa, a toda prisa, a todas luces. Nadie escarmienta por cabeza ajena, ni siquiera por la cabeza de la madre que te parió. En fin, a lo que vamos: Gorriona me ahorró detalles al momento de contarme que el tóxico lanzó tus pertenencias puertas afuera, como quien dice «Lárgate, sarnoso de mierda». Al saberlo, me desesperé. Imaginarte tirado en una calle de Allá era superior a mi tolerancia, escasa como sabes. Pero Gorriona atinó a contármelo todo rapidito, algo así: «Tóxico lo expulsó y El Niño ahora se encuentra ubicado en sitio rentado, cálmate Histérica». Y yo, claro, me calmé. Luego Gorrión Uno me habló del cucurucho. Por su parte, otro informante, el Jefe de los Gorriones (el más cercano a mi obsesiva manía de querer enterarme de tu vida Allá), en muy pocas ocasiones se comunica con Gorrión Uno y con la Gorriona. Cada uno me cuenta por su lado, cuestión que me alegra muchísimo, en aras de que las informaciones no resulten contaminadas. El Jefe es quien más me entiende, y por eso le otorgué ese título. A veces se pone celoso de los informes que recibo del Uno y de Gorriona, pero en general, esa red marcha muy bien.

Cuando el Jefe de los Gorriones me puso al tanto de lo sucedido entre Graciela (la tipeja que te presenté en la distancia como mi amiga) y tú, sentí deseos de desatornillarme la cabeza del tronco, para lanzarla contra la pared hasta contemplar mis propios sesos desparramados. Jamás imaginé que te fueras a involucrar sentimentalmente con la susodicha, y menos aún que más adelante ella fuera capaz de exigirte dinero a cambio de su silencio. Vayamos por partes: yo te dije en una de las escasísimas llamadas que me has hecho (tus estudios absorben mucho tiempo, lo sé), que podrías acudir a Graciela en caso de necesitar algún empleo, porque ella trabaja en una librería de Allá. Graciela, a su vez, me había escrito lo bien, lo maravillosamente bien que le va su vida Allá, y recuerdo su insistencia en que yo supiera que: «estoy económicamente sólida». A mí me pareció verla convertida en una roca verde. No obstante, grabé el mensaje. Y cometí la ingenuidad de decirte, repito, en una de tus llamadas, que si algún día, por casualidad, necesitabas empleo entre un estudio y otro, contactaras a Graciela, la actual verdura pétrea a quien yo recordaba de aquí, de hace mil años. Nos conocimos en un encuentro de narradoras, cuando me dio por escribir el cuento «Como ser cubana y no morir en el intento», y de milagro gané un concurso. La recordaba menuda, intelectualona, debilucha, escribiendo poemas horribles y bebiendo aguardiente cual cosaca en flor. Jamás imaginé que viviera Allá al cabo de tanto tiempo, ni que me contactara para relatarme su solidez financiera. Lo peor fue que le creí. Te di sus señas, para un por si acaso, y resulta que no solo acudiste a ella, sino que, además, te la templaste. Hay que ser muy desvergonzada para abusar de un Niño como tú, digo yo. No podíamos saber ni el Jefe de los Gorriones, ni yo, ni tú, ni el Espíritu Santo, que Graciela está casada. Y no con cualquierita, sino con el Jefe de una Banda de Coyotes. ¡Avemaría Purísima, esa gentuza que se dedica a traficar con seres humanos! Hasta cierto punto soy responsable del tremendo lío en que te has metido. La bribona esa chantajeándote con contarle a su marido, qué barbaridad. Fue la única vez que gasté dinero en una llamada a Allá. Nunca lo supiste, pero marqué el número de Graciela sin previo aviso, para no estropear lo que se conoce por Factor Sorpresa. Y, en efecto, la agarré desprevenida. La muy zorra se hizo la desentendida, «qué bueno oír tu voz», me dijo. No le di tiempo a nada más. Para decirlo pronto y mal, la puse como un culo virado al revés en menos de lo que canta un gallo. De puta *palante*, todo lo imaginable. Al final, a grito limpio, en mayúsculas, le dije: ¿TU SOLIDEZ ECONÓMICA CONSISTE EN CHANTAJEAR NIÑOS INOCENTES, PERRA SARNOSA? Y acto seguido, colgué. Días más tarde, el Jefe de los Gorriones me comunicó la buena noticia de que ya no serías molestado por Graciela. Menos mal, hijo, quédate tranquilo estudiando, para que puedas trasladarte del cucurucho de maní al de rositas de maíz, y más adelante, al cono de vainilla, digo yo.

Unas semanas después del cuento de ese gorrión, una vecina me habló de ciertos trámites, gracias a los cuales podría ir a visitarte, y allá fui, a la parte baja de la ciudad, donde radica una fauna especial, dedicada a satisfacer las solicitudes que se exigen para el viaje hacia Allá. No te haces idea de lo que sucede en esos lares, porque gracias a Tóxico, (señorconpiscina conocido como tu padre), no tuviste que atravesar semejantes hordas. Te recuerdo entrando en la oficina de rejas negras donde se pide permiso para viajar, mientras yo repetía Tin Marín, y también recuerdo mi pasmo cuando me dijiste «Sí, la respuesta es Sí», y me salió del alma, de frente, por la boca, «¡Qué mierda!».

Esas imágenes las tengo grabadas con tinta sangre. Jamás pensé que repetiría la experiencia, y muchísimo menos para mí misma. Sin embargo, ya consagrada a sucesivas renunciaciones, qué importa una más. Acudí a Gorriona cuando me llamó para contarme que te había visto vendiendo gladiolos por una de las calles de Allá, y como prefiero imaginarte estudiando Física Cuántica, pasé por alto la noticia. Le pedí su opinión acerca de las hordas de la parte baja de El Vedado, porque Gorriona conoce bien dicha maniobra. Ella, mujer poderosa, astuta —brillante, cabe decir—, suele acertar en sus criterios. Decirme histérica es, quizás, una de las pocas excepciones en las que su juicio se nubla. Y es, también, uno de los escasísimos insultos que tolero. Supongo que su mente prodigiosa sabe cuándo la necesito. Y entre esas necesidades está obviar el tema de la ideología, que no compartimos. Lo cierto es que Gorriona se ofreció a costear el tramiteo sin chistar. Me parece una bestialidad lo que sucede en esa parte baja de la ciudad, pero a nadie parece importarle demasiado. Resumen: En dicha zona, antes árida y poco visitada debido a su cercanía con el mar y al hecho tenebroso de que la funeraria más popular de la ciudad se encuentra justamente ahí, pululan los negocios más raros que te puedas imaginar. Las forradoras de botones, las sacadoras de piojos, los cortadores de uñas de perros, los expertos en tarot y en la carta astral se quedan cortos. Yo misma, que me creo curada de espanto a estas alturas de la vida, me puse paticruzada al llegar allí, donde me indicó Gorriona. Por todo el caserío que bordea el litoral por un lado y la funeraria por el otro, existen locales para un nuevo empleo: rellenadores de planillas o planilleros, cuya función es obvia. Ofrecen distintos precios, vociferados por individuos a quienes les pagan para actuar de pregoneros. Eso es solo el inicio. ¿Crees que pagar por llenar una planilla donde preguntan desde el día que naciste hasta el nombre de tu último centro laboral es suficiente? Nada de eso. La fauna negociante de allí aprovecha el mínimo resquicio de oportunidad, porque conoce del Pí al Pá las exigencias que imponen los funcionarios de la oficina de rejas negras. Allí no se puede entrar con teléfonos, ni con sobres de papel, ni con sombrillas ni paraguas, ni es permitido orinar o tomar agua. Todas estas prohibiciones facilitan que los merolicos ofrezcan justamente esos servicios: por tal precio, te cuidan el teléfono, por una suma similar, te dejan orinar en sus casas, te venden sobres plásticos, jugos, agua, panes y café en lo que dura la espera de atravesar las rejas negras. Te fotografían si lo deseas, te asesoran en lo que debes decir y en lo que debes ocultar cuando enfrentes al funcionario, reservan el turno de la entrevista según tu conveniencia y, en general, te ilusionan. Todo esto sucede puertas adentro, como es natural. Por fuera, las fachadas siguen en el idéntico mal estado que debes recordar. Produce lástima caminar por esa zona tan baja, tan lastimada por el salitre, con tanto estropicio. Sin embargo, puertas adentro, el mundo cambia. Las casuchas de aspecto deplorable, adentro tienen aire acondicionado, computadoras, dormitorios acomodados para una inimaginable cantidad de personas, en los que empleadas domésticas ofrecen bebestibles, comestibles y servicios de todo tipo. Hasta graciosos perritos de peluche, naturales y de porcelana, sonríen al recién llegado. Con decirte que en esos negocitos hay cámaras de seguridad encima de la madera corroída de los portones. Alucinante, de verdad. Obtuve mi turno, crucé los veinte dedos para que el día de mi cita los entrevistadores de las rejas negras me dijeran que Sí, que puedo visitarte.

Ha llegado la noche, no he probado bocado en todo el día, pero es buen momento para contarte que cumplí las instrucciones, siguiendo mi hábito monjil de obedecer, de dejarme guiar. Lo hice por motivos de fuerza mayor: abrazarte, besar a Gorrión Uno, discutir con Gorriona, colgarme del cuello del Jefe de los Gorriones, mostrar mi fiereza exigiéndole decoro a Graciela, a su marido El Coyote y a unos cuantos más. Por todo eso hice lo que jamás soñé. Me sometí a las hordas bisneras del Vedado Bajo. Pagué cifras desorbitantes, me dejé entrenar por individuos cuya astucia anuncian como si se tratara de la habilidad de un mago, y bajé mi testaruda cabeza. Si te resulta difícil imaginarme dócil, marcando los pasos en la larga fila de personas que acuden a la oficina de rejas negras, diciendo «Sí, cómo no», «¿Me puedo mover ahora o espero instrucciones suyas?» y «Gracias, ahora mismo», calcula cómo me sentí. Al fin, me tocó el turno de la entrevista, cara a cara con el funcionario.

Mientras respondía las mismas preguntas una y otra vez (¿es usted casada?, ¿cómo se mantiene?, ¿tiene familia en el extranjero?, ¿tiene familia aquí?, ¿por qué desea viajar?, ¿por qué ahora y no antes?, ¿es propietaria de algo?, ¿es usted casada?, ¿tiene hijos aquí?, ¿quién le costearía este viaje?, ¿cómo se mantiene?, ¿cuánto tiempo piensa estar Allá?, ¿por qué desea viajar?, ¿tiene propiedades aquí?, ¿tiene cuentas bancarias?, ¿es usted casada?), trataba de mantener la calma, de responder con monosílabos, de ser ecuánime , tal como me entrenó el sabichoso planillero. Entre respuesta y respuesta, y sin lógica alguna, quise creer que el funcionario que me había tocado era el mismo que autorizó tu viaje hace más de un año. Lo poco que me queda de loba se movilizó dentro de mí. Tuve deseos de atravesar el cristal, de volar por encima de los tabiques, de las pantallas, de todo el aparataje de seguridad que existe dentro de las rejas negras, hasta llegar al cuello del tipo y marcarle allí mis garras selváticas. En lugar de esa muestra de salvajismo, mantuve la sonrisa sugerida por mi entrenador. Casi se me paralizan los músculos de la cara cuando, al cabo, escuché «No». «¿No qué?», pregunté. «No, no aplica, no le damos autorización». Con la misma parsimonia, me dieron un papelucho impreso que dice más o menos: «Usted no ha demostrado fehacientemente que no tiene intención de emigrar». De repente, volví a ser animal: las uñas se me afilaron, los colmillos protruyeron, mi cara se estiró hacia atrás, mis músculos se engarrotaron, el aliento se volvió leonino y, cuando estaba a punto de dar el salto mortal, una mujer uniformada me palmeó la espalda, me sujetó un brazo y me susurró: *Debe abandonar el local de inmediato, le sugiero que se retire en silencio y no regrese hasta después de un año.* Atiné a zafarme con la mayor elegancia de la que fui capaz y, aunque logré escupir en la misma entrada de las rejas negras, lo cierto es que llegué a la calle con el corazón hecho una pasa. Afuera, nadie me esperaba. Caminé muchísimo. Por todo el malecón, como quien dice «No tengo nada mejor que hacer», llegué al Morro. Solo entonces me detuve. No voy a caer en sentimentalismos, ni en melodramas, ni me dejaré llevar por nuestra vocación de quejarnos. No le di el gusto a nadie de verme gimotear frente al mar. En lugar de eso, aspiré lo más hondamente que pude. Me llené de sabor salado, de murmullos ondulantes, del aroma perfumado del ayer, del hoy y del siempre que invade a los habaneros desde tiempos inmemoriales. Y emprendí el regreso a casa. Quiero que sepas, querido mío, que no podremos vernos en un tiempo que solo Dios sabe cuánto durará. Soy una bestia apaciguada. ¿Quién lo hubiera imaginado? Mientras llega el momento de reencontrarnos, continuaré esperando lo que cuentan los gorriones, me abrazo a tu almohada, y me quedo dormida. Pensando, lógicamente, en ti.

El pie, el pan y la dorífora

Salomea Slobodian

SALOMEA SLOBODIAN nació en Kyiv, Ucrania, en 1998. Graduada en Filosofía y Periodismo y doctora en Filosofía, es profesora invitada en la Universidad de Navarra y la Universidad Internacional de La Rioja. Es miembro de la Asociación Navarra de Amigos del Órgano (ANAO), donde colabora como periodista cultural. Ha sido finalista del X Premio Valparaíso de Poesía, XLIV Concurso de Cuentos Villa de Errentería y de los Encuentros del Arte Joven de Navarra 2024 en la sección de literatura. Tiene publicados dos poemarios en ucraniano: *El polvo de la resina sin filtrar* (Premio Nacional «Sé escritor», Logos, 2014) y *Rododendro dice* (Kyiv-Mohyla Academy Publishing House, 2016).

En memoria de Alexandra Kapustián
y los Kapustián: Petro, Iuriy, Leonid

Eugenio ya llegaba a los pedales si se mantenía erguido. El sillín de cuero desgastado, dos muelles, algún remache suelto, le golpeaba el culo cuando su cuerpo como un tercer muelle bajaba, subía, bajaba al ritmo de la cadena sin engrasar. A veces se medio sentaba en el cuadro. Otras, un bache se lo clavaba en la entrepierna y no volvía a sentarse en todo el día. Lo suyo era pedalear. ¡Llévame en bici! (Le venía Nadia). Y la llevaba.

En bicicleta atardecía pronto. Cuatro piernas separadas rodaban cuesta abajo un bulto de torsos que de lejos recordaban a un escarabajo colosal. Hasta que un grito cortado a espaldas de Eugenio, un ¡PARA!, y un diminuto pie abombado, azul con manchas rojas, retorciéndose entre los radios. Después, un aullido rabioso (como de perro, pensaba Nadia), y perfectas líneas malva marcaban la espalda del chaval a cada azote que esparcía olor a abedul recién mutilado. ¡Ah, que te…! ¡Ah, que tengas salud, cabeza hueca, desdicha mía! Pegaba de lo alto, a truenazos, la voz de Dios. O de la tía-abuela Sasha, que era lo mismo. Tía-abuela Sasha maldecía sin maldecir, pues era pecado.

Cada mañana la vida bullía como la sopa de la tía-abuela y cada anochecer, cuando las gallinas se quedaban ciegas y desvalidas, se consumía a cucharas de aluminio. Las cuestas abajo debían terminarse con el pie entre los radios, cada bajada era euforia y dolor de la primera bajada del verano. Con cada rocío, el abedul mutilado brotaba de nuevo. La vida tenía forma circular y en su rodar había cuidado. Del hombre por el animal en verano, del animal por el hombre en invierno (en Navidad se comía carne a diario). También se metía en esa rueda el mal, el más listo y eficiente de los animales. Como la artritis que carcomía a la tía-abuela Sasha o como el destilado que devoraba a los hombres. A ella, por ser una mujer, le tocaba enterrarlos. En la tierra y en el corazón, para que los vecinos juzgaran menos.

En verdad, le tocaban muchas cosas por ser una mujer, incluso se diría que todas. Y, por supuesto, la de hacer hombres a los hombres y la de cuidar. Pero no supo hacerlo, según confesaba dos veces al año antes de comulgar desde la cucharita de bronce. De su difunto marido no hablaba, pero todos sabían cómo les iba. Y sabían que su hijo mayor abandonó a Eugenio y a la madre de este, que tosía sangre por una mujer igual de fea pero que tosía de risa. Luego se mató, borracho, en alguna carretera. En cuanto al menor, solo le quedaba rezar por su alma, decía Sasha. Y rezaba, de paso, por la propia, porque a él sí acababa maldiciendo. (Se ahogó, borracho, en algún lago). Así que la tía-abuela Sasha tenía una responsabilidad enorme para con Eugenio, el último varón de su linaje, por más que llevara el apellido materno. Le pegaba contrita y devotamente: el dolor expulsa al diablo.

Nadia aún no era una mujer ni era del pueblo. En julio, cuando los vapores del asfalto agrietaban los labios, venía a quedarse con su tía-abuela. Traía el asma, la alergia a tomates y bayas rojas (sí, comía las amarillas), además de la amanerada costumbre de bañarse al despertar y por la noche. Lo del agua en el pueblo estaba mal visto, pues te lavabas la gracia de Dios. Pero a Nadia le dejaban, no parecía quedarle mucha gracia de todos modos. Se manchaba de fango, pisaba descalza las bostas calientes, se cubría de sarpullidos, moratones y cortes, la cabra Lesia le mordía los dedos, los gansos la cara, las ruedas los pies, y seguía siendo una forastera. Los de pueblo saben cuándo uno mira desde fuera, se alegra desde fuera, se compadece desde fuera. Nadia era desde fuera. El pueblo estaba lleno de cosas que no entendía, como la gracia, el pecado, el cuidado. Ella se relacionaba con el mundo mediante el dolor y el placer, algo muy evidente. Disfrutaba viendo cómo castigaban a Eugenio con una emoción genuina. Tal vez porque la emocionaba la desnudez de su espalda que iba tomando amplitud. O simplemente era emocionante. Cuando pasaban varios días sin un accidente, metía el pie en la rueda a propósito. Le gustaba mucho ver cómo pegaban a Eugenio.

De hecho, con el tiempo aprendió que sacrificar los pies no era necesario para recibir tal satisfacción. Ver a Eugenio perseguir al gallo con el pene afuera, intentando orinarle encima, también era emocionante. Y era de esas diversiones que se sentían prohibidas, por tanto, más placenteras. Nadia sabía que hacer lo prohibido lleva al castigo. Así empezó a disfrutar el doble: de la persecución del gallo y del aullar de Eugenio cuando se lo contaba a la tía-abuela.

La semana solo tenía dos días, el de trabajo, que volvía sobre sí mismo con cada sol, y el de descanso, que terminaba enseguida. Los domingos eran especiales: el pueblo se bañaba. Los hombres vestían trajes de negro pálido, trajes de boda-funeral-foto carné y de domingo. Las mujeres calzaban pequeños tacones, anchos lo suficiente para no atascarse en el barro. Nadia también tenía unos, blancos con hebilla en forma de mariposa, que le hacían sangrar los tobillos impregnando la blancura del calcetín coronado con encaje. Pero intuía que eso estaba bien, que era propio de la belleza. (Las mujeres sangran porque son bellas). Aunque los domingos eso era pecado: las que se pintaban los labios no podían entrar en la iglesia y las que sangraban, tampoco. (Sin contar los tobillos).

En la iglesia había un banco de pino para los niños y los viejos que ya eran como niños. Tía-abuela Sasha no se había sentado nunca, a pesar de la artritis. No venía a descansar el cuerpo, decía, sino a implorar misericordia para Eugenio y salud para Nadia. Se pasaba dos horas y media signándose, besaba el suelo en genuflexión, una vena hinchada de dolor le atravesaba la sien. Nadia, en cambio, solo pensaba en sentarse en cuanto se liberara un pequeño hueco en el banco atiborrado de viejos. Con algo de suerte, había que aguantar su hedor a rancio y a jabón barato, ese que cuecen con la grasa animal. Después el cura vendría a por ella con la sonrisa de un padre que lo perdona todo, la cubriría con sus ropajes dorados y allí, en el calor oscuro con un toque de incienso, le haría preguntas incómodas y ella contestaría, hechizada. ¿Le haces caso a tu tía-abuela? Sí. ¿Tratas bien a tu primo? Le doy patadas. ¿Jugáis a juegos vergonzosos? De no entender a qué se refería eso, decía que no, por si acaso. ¿Has comido algo? No. Entonces el cura susurraba con las manos calientes sobre su cabeza y la conducía hacia delante, donde el iconostasio, mucho oro y más incienso, algo aceitoso que olía a Dios le pintaba una cruz en la frente, se profería un hechizo rítmico, la cucharita de bronce, el cubito de pan empapado en vino dulce, una muñeca dorada se acercaba hacia el labio, un beso sutil, los dedos formaban un trébol para signar el alma, la cruz de mirra corría hacia los ojos y mucho canto y estaba rico el pan. Sobre todo en ayunas.

De Eugenio no se sabía nada en toda la misa. Los varones entraban por otro lado, se atrincheraban en un ala privilegiada, ala del negro pálido, más cercana a Dios escondido detrás de una verja dorada con cortinilla verde. Probablemente, todos se escapaban durante la celebración, porque se sabe que rezar es cosa de mujeres. Y Eugenio huía seguro. En la salida no se le notaba cansado ni beato (el dolor de aguantar de pie una misa también expulsa al diablo) y su traje llevaba trazos de polen. Pero la tía-abuela Sasha suspendía el juicio. Los domingos ella no pegaba a Eugenio.

De vuelta, el hambre se mezclaba con el cansancio, resonaba con un gruñido violento en la barriga y subía hasta la cabeza mareando. El sol se burlaba histérico desde el cenit y el sudor esparcía por la cara una sensación de suciedad o los restos de mirra. Ya no olía a Dios, olía a sebo, a tiras transparentes de epidermis vieja que se pegó al sudor de las mejillas con los abrazos de despedida o de saludo o de bendiciones, ya no se sabía, y los tobillos volvían a sangrar, pero llega un punto en el que la belleza ya no importa. Solo quedaba pensar en la sopa de remolacha, visualizar el craqueo del cuello de la gallina más gorda, sus vísceras tibias y brillantes contra el cuenco de metal, su suave cuerpo amarillo bullendo a trozos. Entonces llegaba la sopa y la gallina, incluso el premio: un óvalo fino de pan de centeno mojado en agua, con una capa de azúcar. El pan se deshacía al tocar la lengua, el azúcar crujía en los dientes y ya no era pan ni azúcar, solo gozo, asombro, beatitud. Ni hacía falta la cucharita de bronce.

Las tardes echaban sombra de los manzanos sobre la casa blanca con ventanas enmarcadas en un azul muy básico. Había un pozo a la izquierda, también blanco, y un bidón de plástico azul recogía la lluvia a la derecha. Pasada la cocina de verano, una construcción frágil, mugrosa y abarrotada de moscas, una valla de madera separaba lo humano de lo animal. Un perro asalvajado, sin nombre, cojeaba encadenado por su reino de aves, conejos, tábanos, arañas, cerdos, abejas, golondrinas, la vaca de ojos tristes Kalyna y la cabra Lesia. Pasado aquello, otra valla daba a lo primigenio: una letrina de madera y una montaña de estiércol. La letrina era un santuario, con su roído ejemplar de *Lo que el viento se llevó* al costado, sin la cubierta y sin muchas páginas, para purificar el alma y el trasero en caso de la necesidad. La montaña de estiércol contenía excremento de diversas especies mezclado con heno y era la posesión más preciada. Pues su altura no solo medía la riqueza familiar y su virtud trabajadora, sino también alimentaba dos hectáreas de hortalizas, a las moscas, a las golondrinas con las moscas, a las lombrices, a las carpas con las lombrices y ofrecía un escenario de juego para los niños. Frente a la montaña, Eugenio solía entrenarse en orinar, intentando sin gloria que el chorro alcanzara dos metros de altura. Nadia lo pastoreaba maravillada, buscando una oportunidad para chivarse de sus obscenidades. Eugenio era el único animal de la granja sin domesticar, incluso el perro sin nombre se habría muerto del hambre si le soltaran la cadena. Pero Eugenio, el último varón de la familia, era una especie de pavo rapaz, que no volaba ni cazaba porque había una tía-abuela Sasha para ello.

En general, las familias eslavas parecen granjas. Radio-activas, sin dueño, en las que los animales han roto las vallas, han tirado las puertas y pasan la vida cagando en las escaleras del piso de arriba. Esta, sin embargo, tenía a la tía-abuela Sasha para aparentar algo de humanidad usando la letrina.

Una tarde de esas, Eugenio no se sentía inspirado para entrenar. El calor le hizo quitarse la camisa, se mojaba la cabeza con la manguera del jardín. Aburrida, Nadia masticaba un trozo de pan observando su flaco torso blanquecino que no encajaba con los brazos tan morenos. Formó de la miga una bola y se la tiró. Él le lanzó una mirada de vaca, cansada e indiferente, y siguió mojándose la cabeza. A la tercera bola, perdió la paciencia y ahuyentó a la pesada de su prima con agua helada a presión. Mojada, Nadia empezó a rondar a su alrededor intentando patearlo donde fuera, sin alcanzar más allá de las rodillas. La manguera le había transparentado el vestido, exponiendo las braguitas con dibujos de cerezas. Eugenio se protegía sin esfuerzo, cuidando de no hacerle daño. Ya desquiciada, jadeando, Nadia consiguió meterle un pellizco en la costilla, que dolió mucho. Entonces paró triunfante, sonriendo con maldad mientras el otro decidía si correr los riesgos de la retribución. Finalmente, se lanzó a por ella, la agarró como a una gallina mojada con las patitas al aire y la estrechó contra el muro blanco de la casa, abriéndole los brazos en cruz. ¡Suéltame! ¡Suéltame! ¿Seguirás pegándome? ¡Nunca! ¡Nunca! La soltó y enseguida recibió un rodillazo. Entonces le volvió a separar los brazos, cuerpo contra la pared, y se abalanzo sobre ella para inmovilizarla. Nadia se sintió el Dios de la iglesia, postrada en un abrazo abierto. Se rio de los pezones de Eugenio. Pensó en los ojos de la carpa, que él había sacado el día anterior con la navaja antes de devolver al pez al agua. Se quedaron callados un rato, Nadia bajó los párpados. Le dolían las muñecas y sentía que el cuello en tensión se le iba a soltar, propulsando su cabeza hacia el espacio. El aliento de Eugenio le golpeaba la frente, se encontraba inmóvil, suspendida sobre la tierra, entre el muro fresco y el cuerpo caliente, extraño.

Un ligero hormigueo corrió por su espalda. Una repentina onda de calor desprendió de su pestaña una gota de sudor.

Viendo que los ataques habían parado, Eugenio la soltó y descuartizó el escarabajo de patata que le colgaba del pantalón. Las doríforas eran un mal mayor (también llaman así a los soldados rusos). Pero a Nadia no le disgustaban. Redondas y brillantes, con líneas irregulares, amarillas y negras, se distinguían desde lejos. Eran desprotegidas. Lentas y torpes, extendían las alitas en el intento de huida, se demoraban lo suficiente para poder aplastarlas sin prisa. Su única ventaja era la cantidad. Una hembra deposita hasta ochocientos huevos antes de ser aplastada, en ciclos de veinte-treinta bultitos amarillos en el envés de la hoja de patata. Cuando aparecen las larvas, viscosas y rosadas como los humanos recién nacidos, los cultivos se consumen. Tía-abuela Sasha deambulaba entre los tallos en sus horas libres, recogiendo los bichos con sus feos, agrietados, insensibles dedos, los chafaba en el acto canturreando letanías a los arcángeles. A Nadia le daban mucho asco.

Pero aquella tarde las larvas se movían diferente. Percibió un toque de ternura extraña, le parecieron cachorritos mamando a la perra inmóvil, despatarrada, hecha una con la tierra como el tallo de la patata. O pequeños tubérculos chupando en lo oscuro la luz del sol que se filtra con dolor hacia las raíces. ¿De dónde venían las doríforas? Surgían de la tierra, de las hojas, desaparecían, una vez saciadas. Y volvían, con la primera flor lilácea del tubérculo. Eran inseparables, eran una simbiosis del cuidado, de la planta por el animal, de la tía-abuela Sasha o Dios o animal por la planta. Adentrada lejos entre las patatas, Nadia se acercó a la fina frontera de tierra que daba paso al bosquecillo de la bruja con sus ranas, sierpes y maleza cortante. Una dorífora zumbó en el aire y disminuyó hasta diluirse.

¿De dónde venía? ¿Adónde iba?

Índice

Este libro se terminó de imprimir
el día 22 de mayo de 2025,
aniversario del nacimiento
de la escritora
Concha Alós.

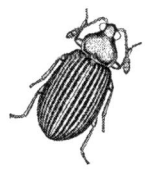